서랍
속
수수밭

서랍 속 수수밭

© 김연정

1판 1쇄 발행 | 2022년 11월 10일

지은이 | 김연정
펴낸이 | 정홍수
편집 | 김현숙 이명주
펴낸곳 | (주)도서출판 강
출판등록 | 2000년 8월 9일(제2000-185호)

주소 | 서울시 마포구 동교로17안길 21 (우 04002)
전화 | 02-325-9566
팩시밀리 | 02-325-8486
전자우편 | gangpub@hanmail.net

값 14,000원
ISBN 978-89-8218-306-5   03810

* 이 책은 경기도, 경기문화재단의 지원을 받아 발간되었습니다.

서랍
속
수수밭

김연정 연작소설

차 례

프롤로그

　호텔에 짐을 놓고 나왔다. 5월 중순인데 바깥이 한여름처럼 뜨거웠다. 허명애 가족은 일단 더위를 식힌 다음 뭐가를 하자고 합의를 봤다. 가족들이 편의점 앞에 앉아 있고 중학교 3학년 큰손자가 아이스크림을 한 보따리 사서 나왔다. 큰손자가 "자, 골라! 골라!" 하면서 아이스크림을 펼치는데 며느리의 휴대전화가 지르륵 지르륵 진동을 했다. 큰손자의 학원 선생님이었다. 전날 함께 수업한 학생 한 명이 코로나 확진자가 되었으니 손자도 검사받으라는 전화였다. 방금 도착한 여행지에서 받고 싶은 전화는 아니었다. 허명애 부부와 큰아들 가족은 배를 타고 이제 막 섬에 들어왔다. 팬데믹 상황이니 가까운 데로 가자고 허명애가 정한 곳이다. 섬을 휘감는 새벽

북한강의 물안개를 보려고 허명애는 남편과 몇 번 이곳 호텔에 묵었다. 이번에는 큰아들 내외가 휴가를 내고 손자들이 체험학습을 신청하여 함께 왔다.

"아빠, 어떡해?" 큰손자가 걱정이 잔뜩 묻은 얼굴로 물었다.

"잠깐 있어 봐." 며느리가 재빨리 휴대전화로 검색을 했다.

"아, 배 타고 나가면 선별진료소가 있어요. 저희가 얼른 다녀올게요." 며느리가 가방을 챙겼다. 그때 허명애의 전화가 울렸다. 액정에 뜬 건 제자 이름이었다.

"선생님, 어떡하죠? 제가 코로나 양성이 나왔어요. 선생님도 검사받으셔야 해요. 죄송해요." 제자의 목소리가 기어들어갔다.

"어쩌니. 나도 검사받아야 해. 이틀 전에 만난 제자가 양성나왔대." 허명애가 의자에서 일어났다.

"뭐 이런 일이 다 있어." 허명애 남편이 미간을 찌푸렸다.

"아버지, 우리 다 함께 나가서 검사받아요. 그나마 짜 맞춘듯이 절묘한 타임에 와준 두 전화가 고맙기 그지없네요." 매사에 걱정 없는 큰아들이 모두를 일으켜 세웠다. 타임이 참으로 절묘하긴 했다. 허명애 가족은 서둘러 배를 타러 갔다. 몇 달이면 끝날 줄 알았던 마스크 쓰기가 어느새 일 년을 훌쩍넘었다. 이제 마스크를 쓰고 나오지 않으면 입을 집에다 두고나온 듯 허전한 지경이 되었다. 여전히 직계가족을 제외하고는 4인 이상 모임 금지 상태가 계속되고 있다.

허명애 가족은 섬으로 돌아왔다. 아들 내외는 애들을 데리고 호텔로 들어갔다. 손자들이 뜨거운 볕에 한참을 걸었으니 지치고 맥이 빠지기도 했을 터이다. 검사 결과가 나오는 이튿날 아침까지 아들네는 방에서 꼼짝도 하지 않을지 모른다. 큰손자가 자신의 상태를 굉장히 불안해했다. 작은 교실에서 네 명이 수업했다고 한다. 그래도 손자는 마스크를 쓰고 수업했다니까 거기에 희망이 있었다. 불안한 건 허명애였다. 제자가 그의 지인과 점심을 먹은 뒤에 허명애에게 와서 저녁을 먹었다. 그런데 제자도, 그 지인도 확진자가 되었다니 허명애는 매우 위험했다.

　허명애는 남편과 함께 강가를 걸었다. 강변 산책로가 한적했다. 5월 한낮의 강은 푸르지도 잔잔하지도 않았다. 한여름의 강처럼 붉게 출렁였다. 모터보트 타는 젊은이들이 괴성을 지르며 물 위를 달렸다. 모터보트가 지나가고 나면 보트보다 그들이 틀어놓은 굉음 같은 음악으로 강물이 몸서리를 쳤다.

　아들네 가족은 날이 저물 때까지 호텔 방에서 게임만 했다. 돌아다녀보면 이곳저곳, 섬의 가장자리까지도 세심하게 쓰다듬은 손길이 느껴지고 볼 게 많은데 아이들이 아무것도 보지 못하고 하루를 허비한 게 허명애는 못내 아쉬웠다. 아들이 룸서비스로 저녁을 해결하자고 했다. 결과도 모르면서 여럿이 식당에 가는 게 민폐 아니냐고. 호텔에서는 조식밖에 안 된다는 답을 했다. 호텔 밖의 식당으로 가야 했다. 여행 와서 손자들의 저녁을 굶길 수는 없었다.

다행히 식당이 한가했다. 하긴 섬 전체가 헐렁했다. 들어오는 배에도 승객이 별로 없었다. 일본과 중국 관광객으로 붐비는 곳인데 요즘 해외여행이 막혔으니 당연한 일이었다. 허명애 가족은 창가 쪽에 앉았다. 몇 테이블 건너에서 히잡을 쓴 아랍 여인 셋이 피자를 먹고 있었다. 이 섬의 한 건물 안에 이슬람교 기도실이 있다. 허명애는 거기에서 기도하는 아랍 여인들을 본 적이 있었다. 기도하러 일부러 이곳까지 오는 건지는 알 수 없다.

식당 유리창 밖에 공작 한 마리가 어슬렁거리며 다가왔다. 이곳에서 방목하는 공작이다. 녀석이 유리창에 부리를 바짝 대고 안을 들여다봤다. 여기서는 건물 지붕에 올라가 깃털을 펼치는 공작도 수시로 볼 수 있고 반려동물처럼 사람을 쫄레쫄레 따라다니는 공작도 만날 수 있다. 식당 유리창에 부리를 대고 있는 놈은 암컷이다. 공작의 몸길이는 암컷이 1미터, 수컷이 2미터라고 한다. 공작은 부리로 유리를 콕콕 노크했다. 같이 먹자는 거였다. 아랍 여인들이 노크하는 공작을 손가락으로 가리키며 킥킥 웃었다. 허명애 남편이 초등학교 3학년 작은손자에게 감자튀김 몇 개를 들려서 내보냈다. 손자가 튀긴 감자 한 조각을 내밀자 공작이 순식간에 달려들어 채갔다. 손자는 놀라고 흥분한 얼굴로 몇 번이나 감자를 공작에게 줬다. 아니, 매번 뺏겼다. 여러 번 먹이를 얻어먹은 공작은 슬그머니 다른 곳으로 갔다.

저녁을 먹고 밖으로 나왔다. 바깥이 어느새 어둑어둑했다. 시나브로 어둠에 잠식되어가는 섬 여기저기서 공작들이 울었다.

"어머니, 이게 무슨 소리예요?"

"공작 울음소리야."

"공작이 이렇게 괴상하게 울어요? 생긴 거하고는 영 딴판으로 우네요. 정말 기이한 울음소리예요."

"그러게. 참 복잡한 울음이다."

허명애와 며느리가 이야기를 하며 걷는 사이에도 어디선가 공작들이 울었다. 허명애와 가족들은 공작 울음소리를 들으며 호텔로 향했다. 허명애는 지난해에 이곳에서 공작의 울음을 한 번 들었다. 너무나 큰 소리로, 얽힌 걸 토해내듯이 우는 소리에 그때도 놀라기는 했지만 이토록 기이하게 느끼지는 않았다. 여러 마리가 울어대지 않아서 그랬을까. 공작들은 어스름 속 어디선가 서로 화답하며 쉬었다 울고, 쉬었다 울었다. 허명애는 그 울음을 묘사할 적절한 의성어가 떠오르지 않았다. 분을 참지 못하여 질러대는 밤 까마귀의 비명이 그러할까. 어쨌든 공작들 울음이 섬의 저녁을 이국적이고 괴기하고 기묘한 분위기로 만들었다. 남국의 낯선 나라에서 저녁을 맞은 듯했다. 수컷 공작 한 마리가 어느 식당 기와지붕 위에 앉아 청록색 깃털을 활짝 펼쳤다. 허명애의 손자들이 환호했고 지나가던 사람들도 멈춰 섰다. 공작들의 울음소리가 쭉쭉 뻗은 메타세쿼이아 사이를 지나, 은행나무를 지나 섬 전체로 음울하게 퍼져갔다. 허명애는 미국 작가 레이먼드 카버의 「깃털들」을 생각했다. 어느 휴일, 공작을 키우는 동료 집에 초대되었던 한 젊은 부부가 그날 그 시간 이후 완전히 달라진 삶에 처하게 된다는 소설이다. 소설 속의 공작이 "메이아우! 메이아우!" 하며 울던 기억이 선명한 걸 보면 그 작품이 인상적이었던 게 공작 때문이었던가 보다.

남편이 씻으러 들어가자 허명애는 테라스로 나갔다. 큰손자는 옆방에서 휴대전화 게임을 하며 불안을 견디고 있으리라. 손자들은 어쩌면, 여행 와서 게임만 하다가 돌아가는 일이 생길지도 모르겠다. 허명애는 테라스 난간에 기대어 서서히 밤의 장막을 덮어쓰는 섬의 향기를 맡아보았다. 쌉싸름한 풀내와 향긋한 나무들의 냄새가 바람에 얹혀 왔다. 하루를 마감한 섬의 알싸한 흙냄새와 섬을 에워싼 물의 냄새도 희미하게 코끝에 끼쳐왔다. 멀리서 간간이 잠 못 이룬 공작들이 울었다. 이번에는 「깃털들」의 공작처럼 "메이아우! 메이아우!" 하고 우는 듯했다. 어둠 속에서 사람들의 두런거리는 소리와 노랫소리가 들려왔다. 노래가 점점 가까워졌다. 모차르트의 「저녁 바람이 부드럽게」였다. 허명애가 서 있는 이층 테라스 밑으로 젊은 남녀가 다가왔다. 노래는 그들의 휴대전화에서 흘러나오고 있었다. 오페라 「피가로의 결혼」에 나오는 여성 이중창 「저녁 바람이 부드럽게」는 5월의 그곳, 그 저녁에 잘 어우러졌다. 많은 사람이 그 노래를 감동적으로 기억하는 건 「피가로의 결혼」보다 영화 「쇼생크 탈출」의 한 장면 때문일 것이다. 느닷없이 교도소 마당의 스피커에서 울려 퍼지던 그 노래. 많은 죄수들이 일시에 마당에 멈춰 서서 천상에서 들려오는 노래인 듯 하늘을 올려다보며 귀 기울이던 노래. 그들에게 일상의 자유를 사무치게 그리워하도록 만든 그 노래. 교도소에서의 탈출을 꿈꾸게 하던 노래. 「저녁 바람이 부드럽게」는 젊은 남녀와 함께 곧 멀어졌다. 허명애는 그들의 모습이 어둠 속으로 부드럽게 스며들 때까지 바라다보았다. 그러고는 쇼생크 감옥의 죄수들처럼 오랫동안 하늘을 올려다봤다. 저녁 하늘은 검푸르고 높았다. 그 하늘 어디에서 「저녁 바람이 부드럽게」가 크게 울려 퍼질 것 같았다.

남편은 그새 잠이 들었다. 텔레비전 대신 책장을 놓은 호텔 방에서 잠자는 일밖에는 달리 할 일도 없었을 거다. 허명애도 일찍 침대에 누웠으나 좀체 잠이 오지 않았다. '양성이 나올 가능성은 나와 손자인데, 손자는 양성이라 해도 어려서 괜찮겠지만 나는 기관지확장증이 있는 기저질환자이니 증세가 심각하게 진행될까. 늙은 기저질환자들이 많이 사망하던데……' 이런 걱정에 밤이 깊을수록 잠은 달아나고 불안이 증폭되었다. 멀쩡하던 몸이 열이 나는 듯 후끈거리고 기침도

나고 두통도 느껴졌다. 불면의 밤에 여기저기서 스멀거리며 피어나는 검붉은 불안은 무럭무럭 잘도 자랐다. 자랄 대로 자란 불안은 세포 분열하듯 급속히 전신으로 퍼져나갔다. 허명애는 다시 테라스로 나갔으나 코로나 환자가 겪는 최악의 경우까지 거칠게 뻗어가는 생각을 막을 수는 없었다.

방의 불을 켜고 누웠다. 불을 켰지만 끝으로 치닫는 마음은 가라앉지 않았다. 한데 끝에 이르면 처음이 생각난다고 했던가. 허명애의 꼭 감은 두 눈 속에 여물지 않은 어린 날들이 화폭처럼 펼쳐지기 시작했다. 그림처럼 떠오른 날들이 연속적으로 이어졌다. 이어진 날들에서 여러 노래가 뒤섞여 들려왔다. 두서없이 뒤얽힌 노래들을 한 가닥씩 잡고 조심스레 당겨보았다. 신기하게도 노래마다 이름이 하나둘 딸려 올라왔다. 삭히지 못한 밥알처럼 잊히지 못하고 지나간 시간의 어딘가에 붙박여 있던 이름들이었다. 입술을 달싹이며 노래에 딸려온 이름들을 불러보았다. 노랑머리, 장희성, 차신혜, 이인숙, 김이석, 김성아…… 그리고 아버지. 이름을 하나씩 소리 내어 부르자 불안이 서서히 잦아들었다. 날뛰던 맥박이 정상적으로 작동했다. 허명애는 아스라이 멀리 있는 이름들을 하나하나 초대했다. 공작이 울어대는 밤의 섬으로.

나뭇잎
배

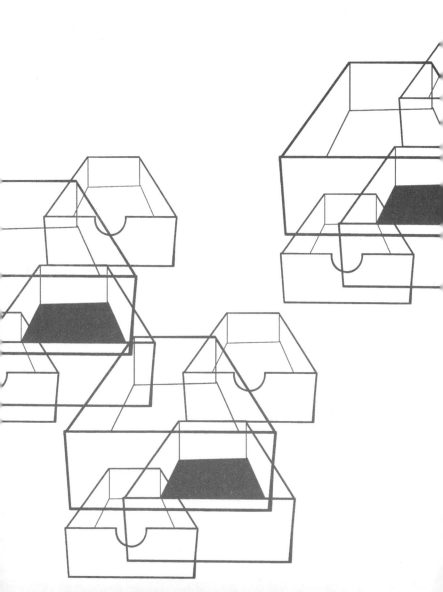

"충청도에서 전학 온 친구예요. 이름은 허명애. 잘 지내도록!"

선생님은 허명애를 그렇게 소개했다. 선생님의 목소리는 메말랐고 말투는 풀 먹인 삼베처럼 뻣뻣했다. 허명애가 아이들에게 인사를 하자 선생님이 손뼉을 쳤다. 왠지 알 수는 없지만 허명애는 그 박수에서 환영의 마음을 읽지 못했다. 아이들도 멀뚱멀뚱 허명애를 바라보며 손뼉을 쳤는데 거기 또한 마음이 들어 있지 않았다. 서울 아이들과의 첫 대면을 수없이 그려봤으나 허명애 머릿속에 그렇게 맥 빠진 그림은 없었다. 선생님은 복도 쪽 맨 뒷자리를 가리키며 가서 앉으라고 했다. 거기 빈 책상이 하나 보였다. 키 작은 허명애가 앉기에는 적

당한 자리가 아니었다. 빈 책상 옆에는 노랑머리를 어깨 아래까지 풀어헤친 여자애가 앉아 있었다. 뚱뚱한 그 애가 어깨를 들먹거리며 씩씩 뿜어내는 콧바람 소리가 교실 앞에까지 들렸다. 허명애는 노랑머리의 서슬에 선뜻 발을 떼지 못했다. 선생님이 허명애를 노랑머리 옆자리로 데리고 갔다.

"둘이 친하게 지내야 해."

선생님의 목소리는 콧소리가 잔뜩 섞여 말랑말랑했다. 허명애를 소개하던 목소리가 아니었다. 노랑머리가 고개를 저으며 울음을 터뜨렸다. 불장난하다 태워 먹은 것처럼 까칠하고 부스스한 머리채가 마구 흔들렸다.

"선생님, 저 혼자 앉을래요. 시골뜨기하고 짝꿍 하기 싫어요! 냄새난단 말예요!"

"그러지 말고 서로 잘 지내. 응?" 선생님이 노랑머리의 눈물을 닦아주고 등을 토닥토닥 다독였다.

그날 쉬는 시간마다 노랑머리는 시골뜨기에게 분풀이를 했다. 노랑머리의 살찐 손에 맨 먼저 당한 건 교과서였다.

"어디서 냄새나는 촌것이 와서 내 짝이 됐담!"

노랑머리는 허명애의 교과서를 한 권씩 교실 바닥에 내동댕이쳤다. 아버지가 달력 뒷장으로 해준 책싸개들이 처참하게 벗겨지고 찢어졌다. 아이들은 둘씩 셋씩 모여 노랑머리가 하는 짓을 구경했다. 선생님은 교실 뒤편에서 일어나는 소란을 아는지 모르는지 짧은 파마머리를 매만지며 창밖만 내다

봤다. 2교시가 끝나자 노랑머리가 뒤에서 와락 달려들어 허명애의 교복 칼라를 움켜쥐었다.

"흥! 새까만 촌뜨기가 어울리지도 않는 교복을 입었네."

노랑머리는 빨간 모직 원피스를 입었다. 반에는 교복을 입지 않은 아이가 꽤 있었다. 교복이 비싸서 선택이었던 모양이다. 6·25전쟁 끝난 지 오래지 않아 서울이라 해도 옷이 귀하기는 촌이나 별반 다르지 않았다. 무명천 누비 상의를 입은 아이, 얼룩덜룩한 몸뻬를 입은 아이, 보풀이 잔뜩 일어난 구제 스웨터를 입은 아이…… 다만 노랑머리는 크고 뚱뚱한 체격에 교복보다 원피스가 어울려서 입은 것 같았다. 어린 눈에도 고급스러워 보이는 옷이었다.

허명애 아버지는 전학 가는 국민학교 2학년 딸을 위해 어엿한 교복을 맞춰줬다. 교복은 커다란 레이스 칼라가 달린 하얀 블라우스와 군청색 점퍼스커트였다. 날이 추워지면 그 위에 재킷을 입었다. 교복의 완성은 블라우스 칼라에 달린 자줏빛 리본이었다. 노랑머리의 거친 손에 나비 모양의 리본은 첫날부터 풀어져 길게 늘어졌다. 허명애의 교복은 종일 미완성이었다. 허명애는 촌년이라고 놀림당하는 것보다 교복이 망가지는 게 더 참아내기 힘들었다. 허명애의 교복은 아버지의 행복이었다. 교복을 찾던 날 아버지가 무척 행복해했다. 명애 교복이 참 이쁘다고, 서울로 전학시키길 정말 잘했다고 하며 아버지는 껄껄, 소리 내어 웃었다. 함께 전학한 허명애 오빠도 교복을 맞췄지만 남자 교복은 평범했다. 서울에 올라온 뒤 아버지가 그런 웃음을 웃는 걸 허명애는 보지 못했다. 노랑머리는 틈만 나면 허명애의 교복을 움켜쥐었다. 노랑머리가 교복을 움켜쥘 때마다 아버지의 행복이 찌그러지는 것 같아 한바탕 싸우고 싶었다. 뚱보 밑에 바로 깔리겠지만 그래도 해보고 싶었다. "에이, 쿠리쿠리한 촌년아! 좀 다른 자리로 가! 냄새나서 내가 죽겠어!" 노랑머리가 허명애에게 코를 들이대고 큼큼 냄새를 맡으며 진저리를 쳤다. 다른 애들도 덩달아 코를 움켜쥐었다. 서울 학교에 처음 가는 날이라고 허명애는 전날 저녁에 둘째 언니와 대중탕에서 국숫발 같은 때를 다 밀어냈다. 새로 맞춘 교복도 입었다. 한데 무슨 냄새가 난다고 진저리를 치는 걸까. 다른 날이라면 냄새난다는 말에 고개를 끄덕일 수도 있었겠다.

허명애네 집에는 네 가구가 세를 살았다. 고물상 하는 수자네, 한의원 하는 허명애네, 카바레에서 색소폰 부는 아저씨네, 할머니와 두 과부 딸이 사는 우족탕집. 그들 열두 식구가 창문만 한 마당을 가운데 두고 살았다. 한의원과 우족탕집에는 안쪽으로 살림집이 딸려 있었다.

수자네 부모는 새벽에 요강을 들고 나와 마당의 하수구에 붓고는 리어카를 끌고 고물상으로 나갔다. 네 집 모두 요강을 하수구에 부었다. 요강을 들고 변소로 가면 난리가 났다. 변소 넘친다고. 그러니 하수구의 악취를 감당할 수밖에 없었다. 수자네 부모의 리어카 끄는 소리는 그 집의 하루를 여는 신호였다. 그 신호를 듣고 허명애의 둘째 언니 허명선이 일어나 쌀을 씻었고 수자가 깨어 남동생을 씻겼다. 우족탕집 과부 딸들도 수돗가에 나와 세수를 했다. 수자는 허명애와 동갑이었지만 한 학년 위였다. 키가 멀대같이 큰 수자의 코에서는 기다란 푸른 콧물 두 줄이 밤낮없이 들락날락했다. 수자의 푸른 콧물은 허명애가 서울내기들에게 갖고 있던 두려움을 얼마간 없애주었다. 독신인 색소폰 아저씨는 초저녁에 출근하여 밤늦게 돌아오고 이튿날 정오가 넘도록 잤다. 띵띵 부은 얼굴로 오후에 일어난 그는 방문을 열어놓고 색소폰을 불었다. 청중은 수자와 동생, 허명애와 오빠 허명진이었다. 낮에 집에 있는 사람은 그게 다였다. 검은 장발을 늘어뜨린 아저씨는 어린 청중들을 세워놓고 색소폰을 불었다. 색소폰을 불 때면 아저씨의 얼굴이 터질 듯 뻘게져서 허명애는 가슴을 졸였다. 그는 같은 곡을 되풀이해서 불었다. 지루해진 수자 동생이 집으로 가려고 슬그머니 돌아서면 아저씨가 불러 세웠다. "어이, 꼬마 총각! 사탕 줄게 두 번만 더 들어주라." 어린 청중들은 입안의 사탕이 다 녹을 때까지 아저씨의 색소폰 연주를 들었다. 허명애는 그가 부는 곡의 제목도 내용도 모르지만 듣고 있으면 코끝이 아렸다. 아저씨가 슬픈 곡만 골라서 부는 건지, 색소폰으로 연주되는 곡은 모두 흐느끼는 듯 슬프게 들리는 건지 알 수 없었다. 우족탕집 과부 딸들과 늙은 엄마는 툭하면 밤에 마당에 나와 소리를 질러대며 싸웠다. 남자 손님들에게 쓸데없이 친절하게 군다는 이유로 늙은 엄마는 두 딸을 쥐 잡듯 잡았다.

"손님에게 친절한 것도 죄야?" 두 딸이 큰소리로 대들었다.

"말로 친절하면 될 걸, 왜 젖통이며 응뎅이까지 흔들어대며 친절을 베푸냐구! 내가 니년들 때문에 챙피해서 살 수가 없어." 늙은 엄마가 언성을 더 높였다.

"엄마 때문에 우린 팔자를 고칠 수가 없다구!" 딸들이 악을 썼다.

"애들 아직 안 자는데 왜 또 난리예요. 애들 듣겠어요." 수자 엄마가 나와서 중재를 서야 그 싸움은 끝났다. 애들은 창호지 문 안에서 들을 건 이미 다 들었다.

그 집에는 허명애네 부엌에서 나는 한약 달이는 냄새와 우족탕집에서 나는 우족 끓이는 누린내가 밤낮없이 굼실굼실 넘쳤다. 거기에 네 가구 사람들이 들락거리는, 판자로 얽은 공중변소 냄새와 하수구 악취까지 엎어져서 허명애는 만날 머리가 지끈거리고 속이 메슥거렸다. 그때 허명애의 메스꺼운 속을 달래준 건 한의원 맞은편의 돌문네 냄비우동이었다. 멸치로 국물을 진하게 우려낸 우동을 찌그러진 양은 냄비에 담아주는데, 그 한 그릇이면 메슥거리고 느글거리던 속이 가라앉았다. 우동을 맛볼 기회가 자주 있는 건 아니었다. 어쩌다 한의원에 환자가 몇 있던 날이면 아버지가 허명애와 둘째 언니와 오빠를 데리고 돌문네 집에 갔다. 냄새에 예민한 허명애는 제 몸에 한약이나 우족 누린내가 밸까 걱정이었다. 그런데 노랑머리가 진저리를 치는 건 한약 냄새도 우족 누린내도 아니고 촌년 냄새란다. 허명애에게 그건 더 근심거리였다. 아무리 목욕을 해도 촌것한테서는 영원히 촌 냄새가 사라지지 않는 건가 싶고, 자신의 촌스러운 이름처럼 그 냄새도 평생 함께 데리고 살아야 하는 건가 싶어 큰 걱정이었다.

허명애는 노랑머리보다도 노랑머리의 짓거리를 구경만 하는 선생님과 아이들이 더 야속했다. 그들이 나서지 않은 게 노랑머리의 엄마 때문이라는 걸 얼마 뒤에 알았다. 노랑머리 엄마의 치맛바람이 태풍보다 무서워서 그랬다는 걸. 노랑머리 아버지가 무소불위의 권력자라는 것도. 그렇지만 그런 건 허명애에게 아무 위안도 되지 않았다. 똥덩이를 예쁘게 포장한다고 똥이 아닌 건 아니었다.

노랑머리의 손에 교복 블라우스의 양쪽 소매가 뜯어져 너덜거리던 다음날 새벽, 허명애는 이불 속에서 외쳤다.

"아부지! 나 시골로 갈래!"

허명애의 시골집에는 아직 서울로 오지 못한 식구들이 있었다. 큰언니와 셋째 언니는 그곳에서 다니던 고등학교와 중학교를 마저 마쳐야 했고 허명애의 두 동생은 아직 취학 전이었다. 허명애네 집에서 함께 사는 사촌 오빠도 고등학교를 시골에서 졸업해야 했다. 엄마는 당연히 시골집에 남았다. 아버지는 허명애와 둘째 언니 허명선과 오빠 허명진을 위해 먼저 서울에 올라와 방을 얻었다. 허명애 아버지 허찬수가 그해에 서둘러 서울로 이사한 건 허명선 때문이었다. 시골 중학교에서 난다 긴다 하게 공부를 잘하는 둘째 딸을 시골 고등학교에 진학시킬 수 없어서였다. 허찬수의 희망대로 허명선은 S사범대학 부설고등학교 입시에 합격했다. 허명진과 허명애도 각각 4학년과 2학년에 전학했다. 우리나라에서 역사가 가장 깊은, 1894년에 개교한 국민학교라고 했다. 역사가 깊은 학교고 뭐고, 허명애는 시골로 돌아가고 싶었다.

그날 허명애는 학교에 가지 않았다. 아버지가 뜯어진 블라우스를 들고 담임을 찾아갔다. 블라우스를 보고 놀라는 척했지만 담임은 전날 교실에서 벌어진 일을 다 알고 있었다. 블라우스 소매가 날카로운 소리를 내며 뜯어지자 허명애가 노랑머리의 두툼한 가슴팍을 두 손으로 떠밀었다. 크고 뚱뚱한 노랑머리가 교실 바닥에 돼지처럼 벌렁 나자빠졌다. 놀란 아이들이 "엄마야!" 소리를 질렀다. 나자빠진 노랑머리를 보고 아이들보다 더 놀란 건 허명애였다. 그런 허깨비일 줄은 몰랐다. 노랑머리가 자빠진 채로 울음을 터트렸다. 그런 소란을 보고도 담임은 아무 말 없이 교실 밖으로 나갔다. 담임은 어쩌면 허명애의 보호자를 기다리고 있었는지도 모르겠다. 허명애 아버지가 길게 얘기하기도 전에 담임은 반을 바꿔줬다.

노랑머리에게서 벗어나는 그렇게 쉬운 길이 있었다는 게 허명애는 믿어지지 않았다. 아버지에게 그냥 떼를 써본 것이지 당장 노랑머리에게서 벗어날 방법이 있으리라고는 생각지 못했다. 3학년이 되어 반이 바뀌는 것 외엔 길이 없다고 믿었다. 담임이 노랑머리에게 설설 기는 한, 허명애 스스로 싸워 이겨야 할 시간이라고 생각했다.

담임이 또 젊은 여선생님이었다. 허명애가 한걱정을 했지만 이번 선생님은 달랐다. 문순애 선생님은 똑 부러지면서도 세심하고 명랑했다. 반 애들도 모두 쾌활하고 친절했다. 반 분위기는 전적으로 담임에게 달려 있었다. 선생님은 노랑머리 따위에게 설설 기거나 흥흥대며 콧소리를 내는 일은 결코 없을 듯 보였다.

선생님이 가정방문을 왔다. 대문이 있어야 할 자리에 변소가 버티고 선 허명애네 집은 집이랄 것도 없었다. 온갖 냄새에 머리가 지끈거리는 단칸 셋방이었고 허명애는 책상 하나 없었다. 허명애에게 있는 건 벽에 붙여놓은 생활계획표뿐이었다. '내일을 위하여!'라고 제목을 크게 써놓은 생활계획표! 하얀 마분지에 촘촘하게 시간 계획을 세우고 크레파스로 칠한 생활계획표! 실천하지도 못하는 계획표인데 선생님이 그걸 오랫동안 들여다봤다. 허명애는 가난을 속속들이 다 보인 수치스러움으로 얼굴이 새빨개져서 엉거주춤 서 있었다.

"선생님은 널 다 봤다!"

밖에 나와 선생님이 허명애를 꼭 안아주었다. '나의 무얼 봤다는 걸까. 선생님이 본 거라고는 우리 집의 가난과 내 생활계획표뿐인데.' 허명애는 선생님의 말을 이해하지 못했다. 며칠 뒤 수업 중에 선생님이 허명애 칭찬을 했다. 예순여덟 명 가정 방문을 했지만 생활계획표를 짜놓은 아이는 딱 한 명이더라고. 그것도 아주 야무지고 꿈이 가득한 계획표더라고. "그런 계획표를 짜는 아이는 뭘 해도 잘할 거야." 선생님은 그렇게 마무리 지으며 손뼉을 쳤다. 함께 손뼉을 치는 아이들의 부러운 시선이 까만 허명애의 얼굴에 꽂혔다. 시골뜨기가 서울 와서 처음 받은 스포트라이트였다. '그런 계획표를 짜는 아이는 뭘 해도 잘할 거야'라는 문순애 선생님의 말은 학창 시절 내내 어디선가 숨어서 깜박이며 허명애를 북돋워 주었다.

그 시절에는 국민학교 1학년 때부터 받아쓰기 시험을 매일 보고 다달이 월말고사도 치렀다. 성적이 떨어지면 매를 맞았다. 중학교 입시가 있으니 그랬다. 선생님은 받아쓰기 시험지를 이삼일씩 모았다가 채점했는데, 이따금 반장 장희성과 허명애에게 채점을 시켰다. 허명애는 이따금 오는 방과 후의 그 시간을 애타게 고대했다. 선생님이 부반장이나 분단장들을 다 제쳐놓고 왜 한낱 시골뜨기인 자신을 택했는지 알 수 없어 고개를 갸웃거리면서도 허명애는 장희성과 함께 채점하는 날을 엄마의 상경 날보다 더 기다렸다. 장희성과 문순애 선생님은 쓰디쓴 한약을 먹은 뒤에 아버지가 건네주던 박하사탕 같은 사람들이었다. 서울살이를 시작한 아홉 살 허명애를 난폭하게 움켜쥔 것도 노랑머리였지만 서울살이 초입에서 박하사탕 만나는 길을 열어준 것도 노랑머리였다.

반장 장희성. 그 애는 쌀집 아들이고 검은 뿔테 안경을 썼다. 새하얀 도화지 같은 얼굴에 얹혀 있는 검은 뿔테 안경은 그의 상징이었다. 그의 이름은 몰라도 '검은 뿔테 안경'은 전교생이 다 알았다. 허명애네 국민학교에는 안경 쓴 학생이 전교에 대여섯 명도 되지 않았다. 대부분 5, 6학년이었고 저학년에는 장희성 하나였다. 서울 아이 장희성이 쓴 검은 뿔테 안경은 촌에서 온 허명애에게 문화적 충격이었다. 허명애는 고향에서 안경 쓴 사람을 보지 못했다. 장희성의 안경은 허명애에게 동경이었고 벽이었고 설렘이었다. 왠지 안경을 쓴 사람은 쓰지 않은 사람과는 보는 것도 생각하는 것도 확연히 다를 것만 같았다. 장희성은 동그란 하얀 칼라를 덧붙인 군청색 교복을 입었다. 그의 모습은 단정한 모범생이었지만 검은 뿔테 안경 너머의 눈빛은 깊고도 오묘해서 결코 모범생으로는 안 보였다.

장희성은 안경값을 했다. 2학년 전체 학생 중 월등한 일등이었다. 허명애네 반 여자애들 모두가 장희성을 선망하고 가까이 가고자 했다. 그 애는 누구에게나 공평했지만 누구에게도 각별히 친절하지는 않았다. 아무하고나 더펄더펄 얘기를 하지도 않았고 실없이 웃지도 않았다. 덩치는 크지 않지만 의젓한 장희성을 아이들은 선배처럼 여겼다. 그런 장희성을 허명애가 차지하게 되었다. 쿠리쿠리한 촌내 날까, 감히 다가가지도 못하던 그 애를 선생님이 옆에 끌어다 준 거다. 선생님은 채점하면서 장희성과 허명애에게 집안 얘기를 묻기도 했다. 허명애는 고향 집의 고욤나무와 제집을 놔두고 꼭 마루 밑에 들어가서 자는 흙투성이 덕구와 아직 서울로 올라오지 못한 식구들 얘기를 재재거렸다. 특히 서리 내린 뒤에 따서 항아리에 넣어두고 겨우내 간식으로 먹던 고욤에 대해 한참 떠들었다. 장희성은 식구가 없다고 별 얘기를 하지 않았다. 어느 날인가, 됫박쌀을 사러 온 아주머니에게 너무 수북이 줘서 아버지에게 꾸중 들은 얘기를 수줍게 했다.

"가뜩 장사도 안 되는데 그렇게 퍼주면 우린 뭘 먹고 사냐고 아버지가 야단치셨어요."

"그래도 그런 사람에겐 슬쩍 퍼줘." 선생님이 웃었다.

"우리도 됫박쌀 사는데 니네 집으로 갈까?" 허명애가 덧붙였다.

장희성의 귀가 빨개졌다. 실제로 허명애는 됫박쌀을 사러 사흘이 멀다 하고 쌀집에 드나들었다. 새끼줄에 꿴 연탄을 양손에 들고 낑낑대는 오빠 허명진과 함께 누런 쌀 봉투를 안고 집으로 오곤 했다. 허명애네 가족은 이삼일 뒤를 기약할 수 없는 하루살이 삶을 살았다. 아버지 허찬수는 서울로 올라오자 바로 가난 속으로 낙하했다. 광부가 막장 속으로 떨어지는 속도였다. 그 허찬수의 딸 허명애에게 찾아온, 장희성과 선생님이 함께하는 그 시간 그 공간은 너무 귀하고 값진 것이었다. 허명애는 그 시간을 큰 병에라도 담아 보관하고 싶었다. 자신에게 홀연히 온 것처럼 다른 애에게도 홀연히 갈 수 있는 시간이었다.

선생님은 채점이 일찍 끝난 날에는 노래를 가르쳐주었다. 교과서에 나오지 않는 노래들이었다. 장희성과 허명애는 풍금 치는 선생님을 사이에 두고 서서 노래했다. 허명애는 그때 배운 노래 중에 「나뭇잎 배」를 좋아했다. 박홍근 작사 윤용하 작곡인데 당시에는 교과서에 실리지 않았다. 전쟁으로 시달린 어린이들의 마음을 순화시키기 위해 KBS에서 실시한 '아름다운 노래 부르기 운동'의 한 곡으로 발표되었다고 한다. 그 노래가 전쟁 뒤 피폐해진 터전의 아이들을 얼마나 어루만졌는지는 모르겠다. 다만 허명애에게는 가장 먼 기억에 또렷이 자리한 노래가 되었다.

낮에 놀다 두고 온 나뭇잎 배는
엄마 곁에 누워도 생각이 나요
푸른 달과 흰 구름 둥실 떠가는
연못에서 사알살 떠다니겠지

장희성은 상기된 얼굴로 노래했다. 장희성이 바로 옆에서 노래하건만 허명애는 그 애가 푸른 달과 흰 구름처럼 아스라하게 느껴지는 날이 있었다. 그런 날은 까마득한 그리움으로 목이 메었다. 그 애를 옆에다 두고 어째서 그런 그리움에 잠겼을까. 허명애가 노래를 못 부르고 있으면 장희성이 혼자 노래를 하면서 안경 속의 오묘한 눈으로 허명애를 바라다봤다.

하루는 수업 중에 장희성이 손을 번쩍 들고 "선생니임!" 했다.

"희성아, 왜?"

판서를 하던 선생님이 뒤돌아봤다.

"경주가 자꾸 편지 보내요."

이경주는 부반장이며 장희성과 짝꿍이었다. 치아가 진주알처럼 새하얀 이경주를 반 애들은 별로 좋아하지 않았다. 아이들은 양치를 안 하거나 소금 양치를 해서 대부분 뚱니였다. 치약은 구경하기도 힘들었다. 노랑머리나 이경주쯤 되어야 치약을 썼을 거다. 이경주 엄마가 매일 아침 딸과 함께 등교하고 하교 시에도 복도에서 기다리고 있다가 공주마마 모시듯 딸을 데리고 가는 것도 아이들은 눈꼴시어했다.

"무슨 편진데?" 선생님이 물었다.

반 아이들은 킥킥대며 이경주를 쳐다봤다. 이경주는 얼굴이 토마토처럼 되어 어쩔 줄 몰라 했다.

"편지, 이리 가져와 봐."

선생님이 말하자 이경주가 장희성의 손에 든 편지를 뺏으려 펄쩍펄쩍 뛰었다. 장희성이 이경주 손을 뿌리치고 편지 몇 장을 선생님께 갖다 드렸다. 선생님은 그걸 읽고 웃음 지으며 교탁 속에 넣었다. 그날 반장의 태도에 대해서 반 아이들 모두가 물음표를 몇 개씩 가슴에 두었다. 허명애의 가슴에도 커다란 물음표가 들어왔다. 반장은 속 깊고 배려가 많은 아이였다. 편지가 아무리 귀찮고 공부를 방해했다 해도 그런 식으로 누구를 공개 망신시킬 철부지가 아니었다. 뭔가가 이상했다. 그런데 그보다 더 의아한 건 허명애 마음이었다. 장희성이 이경주의 편지를 선생님께 일러바치는 순간 허명애는 가슴이 뛰고 벅차올랐다. 이경주를 일러바친 철없는 장희성이 너무나 고마웠다. 그건 나를 좋아한다는 고백이 아닌데, 나하고는 아무 상관도 없는 일인데, 하고 생각하면서도 허명애는 마치 자기 들으라고 그 말을 해준 듯 장희성이 미쁘고 고마웠다.

겨울방학이 시작되었다. 허명애는 마침 여성국극에 열광하게 된 둘째 언니 허명선을 따라 극장에 다녔다. 장희성을 만나지 못해 허우룩한 마음을 그렇게 채웠다. 허명선은 공부를 맹렬히 했지만 주말에는 영화나 여성국극을 보러 극장에 갔다. 한의원에 단골로 침 맞으러 오는 여순경이 극장의 초대권을 갖다줬다. 대한극장이나 단성사 같은 개봉관이 아니고 동시 상영하는 삼류 극장의 초대권이었다. 오지 않는 환자를 기다려야 하는 아버지는 초대권을 이용하지 못했다. 대신 허명선이 그걸 썩히지 않았다. 여성국극은 모든 배역을 여성 국악인들이 했다. 얼굴에 하얗게 분칠을 하고 굵고 까만 눈썹을 그려서 남장을 한 여성 국악인들이 왕자나 장군 같은 배역을 했다. 왕자나 장군 역의 여성 국악인들이 얼마나 멋졌는지 많은 여성들이 그들에게 반하고 매혹되었다. 마음을 뺏긴 여성 팬들이 러브레터를 보내고 패물을 보내고 혈서를 써 보내기도 했다고 한다. 허명애가 허명선을 따라가서 본 국극은 「무영탑」「선화 공주」「왕자 호동」 같은 것들이었다. 그때 허명선도 여성 국악인 누구에게 반하여 열심히 여성국극을 보러 다녔는지는 기억나지 않는다. 모범생인 언니 허명선이 그때 왜 그리도 삼류 극장에 쫓아다녔는지, 허명애는 성장한 뒤에야 거기에 생각이 닿았다. 헉헉대며 달려가도 저 멀리 앞서 달아나는 반 아이들, 환자는 없고 식구들 끼니 걱정에 머리가 터지게 아픈 아버지, 서울 애들에게 치이는 어린 동생들—허명진은 툭하면 입술이 터져, 아부지! 하고 들어왔다—, 동대문시장에 값싼 생선 전갱이를 사러 다니고 숯을 피워 아버지의 와이셔츠와 자신과 동생들의 교복을 다려야 했던 열일곱 살 여고생이 등의 짐을 탁 내려놓을 수 있는 공간이 바로 삼류 극장이 아니었을까.

겨울방학이 끝났다. 교실에 들어가니 아이들이 웅성거렸다. 장희성이 전학을 간다는 거였다. 수원으로 이사를 간단다. 허명애는 수원이 어디쯤 있는지 모르지만 푸른 달과 흰

구름처럼 아스라하게 먼 곳으로 느껴졌다. 「나뭇잎 배」를 부르던 어느 날처럼 까마득한 아픔이 허명애의 가슴을 통과했다. 종업식 날 장희성은 반 아이들과 작별했다. 안경 속의 눈을 자꾸 껌벅거리며 작별 인사를 했다. 종업식 날 장희성과 허명애가 특별하게 보낸 시간은 없었다. 장사가 안 되는 쌀집을 팔고 큰아버지의 가방 공장을 함께 하기로 했다고, 희성이 엄마가 선생님에게 얘기하더란다.

　3학년이 되었다. 허명애는 정말로 학교에서 장희성을 볼 수 없었다. 학교에 가는 이유, 생활계획표를 지키려 애쓰는 이유가 일시에 증발해버린 듯했다. 고열이 나고 세상이 빙글빙글 돌았다. 아버지는 몸이 허해서 생긴 병이라 잘 먹어야 낫는다고 했지만 허명애는 그게 아니라는 걸 알았다. 빙글빙글 도는 천장의 사방연속무늬와 함께 돌며 며칠을 맘껏 앓았다. 앓고 나니 허명애의 키도 마음도 껑충 컸다. 장희성에 대한 그리움의 부피가 확 줄었다.

　문순애 선생님은 3학년 다른 반 담임을 맡았다. 문순애 선생님은 허명애의 학창 시절을 통틀어 허명애를 가장 귀히 여겨준 분이다. 허명애로 하여금 '아무것도 아닌 애'가 아니라는 자긍심을 갖게 해주었고, 한미하고 팍팍한 삶에도 어느 고샅엔가 반드시 예기치 못한 행운이 숨어 있다는 걸 가르쳐주었다. 허명애는 학년이 바뀔 때마다 성심껏 생활계획표를 만들어 벽에 붙였으나 국민학교를 졸업할 때까지 그걸 알아봐 주는 선생님은 다시 만나지 못했다. 누군가의 삶에 활짝 핀 꽃잎 같은 자국을 꾸욱 찍게 한 그런 행운이 자주 온다면 그건 행운이 아니리라.

어느 날 문순애 선생님이 교무실로 허명애를 불렀다.

"요즘 기운이 통 없어 보이는데 어디 아픈 거야?"

"괜찮아요."

"어려운 일 있으면 선생님 찾아오는 거 잊지 말고. 참, 희성이가 편지했던데 「나뭇잎 배」 배우던 날들이 그립다고 썼더구나. 네가 그 노래 좋아했지?"

허명애는 그날 종일 「나뭇잎 배」를 흥얼거렸다. 장희성과 함께한 날들도 낮에 놀다 두고 온 나뭇잎 배처럼 어느 연못에서 사알살 떠다니고 있으리라.

오!
캐롤

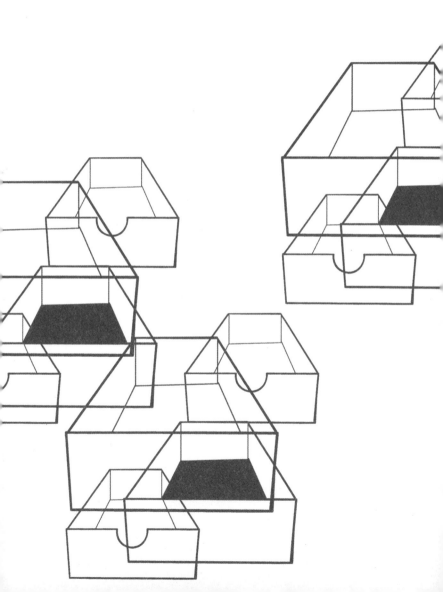

3학년이 되고 두어 달 지나 차신혜가 허명애 짝이 되었다. 소문난 부잣집 딸인 그 애는 성격이 소탈하고 마음 씀씀이가 후했다. 그 애는 반 아이들에게 학용품을 덥석덥석 잘 나눠줬다. 연필 한 자루, 지우개 한 개 사기가 버거운 시기였으니 아이들은 차신혜를 좋아했다. 차신혜는 허명애의 가방 속에 일제 연필 한 다스와 28색 크레파스 새것 한 통을 슬쩍 넣어줬다. 허명애의 집이 가난해서 준 건 절대 아니었다. 차신혜는 가난이 뭔지 구경도 못해본 애였다. 가난한 아이의 행색을 봤다고, 가난한 소녀의 이야기를 읽고 울었다고, 가난을 구경했다고 말할 수는 없었다. 그 애는 다만 주고 싶어서 주는 거였다. 차신혜에게 조금이라도 동정의 기미가 있었다면 허명애가 알았을 거다. 어린아이라도 그런 건 그냥 아는 법이다.

차신혜가 빛나는 때는 학용품을 나눠줄 때가 아니라 음악 시간이었다. 음악 시간에 선생님은 차신혜에게 독창을 자주 시켰다. "노래할 때 네 목소리는 유리구슬 같구나." 선생님은 차신혜의 목소리에 감탄했다. 평상시 차신혜의 목소리는 그런 소리가 아니었다. 곱긴 해도 아이들의 머릿속을 온통 아름다운 상상으로 채워주는 소리는 아니었다. 차신혜는 KBS 라디오 '누가 누가 잘하나'에 나가 최우수상을 받았다. 차신혜는 최우수상 받은 「꽃밭에서」를 교실에서 불렀다. 그 애의 목소리는 그 애가 입은 하얀 블라우스보다 백배나 더 예쁘고 깨끗했다. 그렇듯 맑고 구슬이 춤추는 듯한 「꽃밭에서」를 허명애는 처음 들어봤다. 원곡 속의 꽃밭은 채송화와 봉숭아, 나팔꽃이 핀 소박한 꽃밭인데, 차신혜의 노래를 듣고 나니 온갖 꽃들이 피어 살랑거리는 드넓은 꽃밭이 마음속에 생겨났다. 차신혜는 두 손을 맞잡고 노래했다. 그렇게 노래 부를 때 그 애는 예쁘다기보다 당당하고 잘나고 아름다워 보였다. 지금껏 공부 잘하는 장희성보다 더 잘난 애는 없는 줄 알았는데 그게 아니었다. 노래 잘하는 차신혜도 장희성 못지않게 잘나 보였다. 뭐든 특별하게 잘하면 잘나고 아름다워 보인다는 걸 알게 되었다. 자신이 남보다 잘할 수 있는 게 뭔지, 그런 게 있기는 한지, 허명애의 머릿속이 잠깐 부풀었다. 차신혜가 짝이 아니었을 때는 그저 노래에 감탄했는데 짝이 되고 난 후로는 노래가 아니라 사람에게 감탄하게 되었다. 노래를 잘한다는 건 그토록 대단한 일이었다. 차신혜의 노래를 함께 들은 그 시간, 반 아이들 모두가 벅찬 행복에 잠겼을 테니까. 장희성은 탁월하게 공부를 잘했지만 반 아이들에게 그런 행복을 주지는 못했다. 장희성의 공부는 장희성 개인의 행복이었다. 공부가 많은 사람을 행복하게 하고 잘 살게 한다는 걸 그땐 알지 못했다. 자신도 여러 사람을 감동시키고 기쁘게 할 수 있는 무언가를 했으면 좋겠다고 허명애는 생각했다.

차신혜는 과외 선생이나 피아노 선생이 오지 않는 날이면 허명애를 자기네 집에 데려갔다. 차신혜의 집은 허명애의 집에서 십 분쯤 걸어야 했다. 허명애는 집에다 가방을 던져두고 차신혜를 따라갔다. 그 애네 집은 동대문시장 건너편에 있었다. 소란하고 허술한 그 동네 안쪽 깊숙이 그렇게 큰 기와집이 비밀처럼 숨어 있다는 걸 사람들이 알까 싶었다. 그 집은 솟을대문을 지나 중문, 작은 문, 쪽문을 지나야 안채에 다다랐다. 안채에 다다르는 동안 그 집의 집사 아저씨도 만나고 운전기사도 만나고 일하는 아주머니도 여럿 만났다. 차신혜의 아버지는 큰 버스회사를 운영한다고 했다.

"니네 집에 차가 많아서 차씨야?"

"나도 잘 몰랐는데 정말 그런가?" 차신혜가 깔깔 웃었다.

차신혜의 엄마도 낮에는 집에 없었다. 의류 사업을 한다고 했다. 허리도 **빳빳**하고 목도 **빳빳**한 집사가 분주히 왔다 갔다

하며 일하는 사람들에게 이것저것을 지시했다. 그의 크고 날카로운 쇳소리에 허명애는 깜짝깜짝 놀랐다. 허명애가 놀랄 때마다 차신혜가 어깨를 쳤다.

"괜찮아. 목소리만 저렇지, 순한 아저씨야."

"아저씨 때문에 오줌 쌀 것 같아." 차신혜가 아무리 집사 편을 들어줘도 허명애는 집사 아저씨와 마주치면 오금이 저렸다. 그 집에서 허명애를 불편하게 하는 사람은 집사가 유일했다. 허명애에게 그 집은 비밀의 궁이었다. 왕과 왕비를 한 번도 보지 못한.

차신혜에게는 시녀가 있었다. 항상 입을 뾰족하게 내밀고 있는 키 작은 언니였다. 그 언니는 등교 때 차신혜의 머리를 땋아주고 옷을 챙기고 책가방과 신발주머니를 교문까지 들어다 주었다. 하교 때 교문 앞에 서 있다가 차신혜의 책가방과 신발주머니를 집까지 들고 갔다. 어느 때는 허명애의 책가방도 들어줬다. 교실 앞에서 기다리는 건 차신혜가 절대 안 된다고 하여 언니는 더우나 추우나 꼭 교문 앞에서 기다렸다. 부모님이 운전기사에게 자동차로 등하교시키라고 하는 걸 차신혜가 반대했다고 한다. 허명애는 차신혜의 그런 겸손과 검소함을 좋아했다. 차신혜가 길에서 달고나 아저씨 앞에 쪼그려 앉으면 언니가 그 애의 팔을 마구 잡아끌었다. 그게 언니의 일이었다. 불량식품에 접근하지 못하게 하고 샛길로 못 빠지게 하는 것. 노점에서 파는 샛노란 냉차나 좌판에 썰어놓은, 옷핀으로 찔러서 먹는 멍게와 해삼에 미련이 있어 차신혜의 고개가 자꾸 돌아갔다. 허명애네 집 건너편의 돌문네 우동집에서 우동 냄새가 솔솔 퍼져 나오면 차신혜는 입맛을 다시면서 우동집 문을 잡아당겼다. "아유, 맛있겠다!" 그러면 언니가 차신혜의 소매를 잡아끌었다. 딱 한 번 셋이서 돌문네 우동을 먹었다. 비 오는 날이었다. 자기네 찬모가 끓인 국수보다 더 맛있다고, 차신혜는 우글쭈글한 양은 냄비의 국물까지 다 마셨다. 부모님에게는 죽을 때까지 비밀로 하기로, 차신혜와 언니는 손가락을 몇 번이나 걸었다.

어느 날 차신혜의 집에서 그 애는 노래를 하고 허명애는 파인애플을 먹고 있었다. 언니가 뾰족한 입을 더 내밀고 차신혜를 불렀다.

"신혜야, 피아노 선생님 오셨어."

"에이, 왜 왔지? 오늘 못 온다고 했잖아. 쪼끔만 치고 올 테니까 파인애플 먹으면서 기다리고 있어. 명애야, 가면 안 돼."

차신혜가 방을 나가자 허명애는 처음 먹어보는 파인애플을 조금씩 아끼며 베어 먹었다. 새큼달큼, 청량하고 상쾌한 맛이 처음 경험하는 입의 호사였다. 허명애는 점심에 국화빵을 먹었을 아버지에게 미안한 마음이 들었다. 아버지는 이런 호사를 언제쯤 누리게 될까. 새큼달큼한 사치를 누리게 되는 날이 아버지에게 오기는 할까. 차신혜가 행복을 누리는 건 온전히 부자 아버지 덕인데 그 앤 어떻게 해서 부자 아버지를 만났을까. 가난한 아버지를 만난 사람들은 가난한 아버지를 만난 탓에 평생 가난하게 살아야 하나. 가난한 아버지는 또 그의 가난한 아버지를 탓해야 하는 건가. 누구는 아버지를 잘 만나 태어면서부터 행복하다면 뭔가 억울하지 않은가.

허명애의 아버지 허찬수는 고향에서 한약방을 했다. 작은 도시여서 한약방은 독점이었다. 이웃 대도시에서 찾아오는 환자들도 많아 한약방에는 환자가 끊이지 않았다. 혼인하던 날, 신부는 튼실하고 신랑은 곱다는 소리가 여기저기에서 들렸을 만큼 허찬수는 인물이 멀끔했다. 허명애 엄마는 신랑 곱다는 얘기가 그리 반갑더라고 했다. 얼굴 한 번 못 보고 하는 혼인이었으니 그 말에 얼마나 안심이 되었을까. 일제강점기에 일본에서 공부하고 온 허찬수는 양복이 썩 잘 어울렸고 와이셔츠 입은 모습도 근사했다. 시골 한약방에 앉아 있기는 아까웠다. 그는 그 지방의 유지로 여자중학교 육성회장이었다. 농사짓는 땅도 좀 있었다. 고향에서 여생을 산다면 여유롭고 평탄하며 지역 사람들에게 존경받는 삶이 보장될 터였다. 그런데 허찬수는 서울행을 결심했다. 그는 이미 한창때를 지난 마흔다섯 살이었다. 그 나이에 아무 연고도 없고 가본 적도 없는 서울로 자식 일곱을 데리고 삶의 터전을 옮긴다는 건 목숨 걸고 독립운동 떠나는 것과 다를 바 없었다. 고독하고 두려운 일이었다. 허찬수는 서울로 이사한 유일한 고향 친구에게 부탁했다. 아이들이 좋은 국민학교에 들어갈 수 있는 동네에 살림집이 딸린 한약방 자리를 알아봐달라고 했다.

고향 친구는 안성맞춤인 곳이 있다고 했다. 한번 올라와 집을 둘러본 허찬수는 가족보다 먼저 서울로 이사했다. 허찬수는 서울에 대해 아무 정보도 없었고 그 동네가 어떤 곳인지 알지 못했다. 며칠 살아보고야 아뿔싸! 했다. 한의원에서 몇백 미터 떨어진 거리가 유명한 사창가였다. 아이들이 학교에 오려면 그곳을 지나야 했다. 묘지 근처로 이사한 맹자 어머니보다 더 기함할 노릇이었다. 맹자 어머니처럼 이사할 형편도 못 되었으니 허찬수는 자신의 경솔과 어리숙함을 한탄하며 가슴을 쳤다. 한약방 자리가 반듯하여 오직 그것만 눈에 보였던 것이다. 그날부터 허찬수의 가슴에 빼낼 수 없는 자책의 바윗덩이가 들어앉았다. 허찬수는 바윗덩이와 함께 서울살이를 시작하게 되었다. 친구는 말했다. "그 돈으로 얻을 집은 거기밖에 없었다구." 서울 돈과 시골 돈은 가치가 달라도 너무 달랐다. 고향에서는 기차역 앞의 방 일곱 개짜리 대궐 같은 기와집을 살 수 있는 돈이었는데, 서울에서는 누구나 기피하는 동네에 가게 딸린 방 두 칸짜리 셋방이나 얻을 돈이었던 거다. "서울 종로 한복판에 학군 좋고, 한의원 찾기 쉽고, 집값 싸고. 사창가가 밤에나 요란하지, 낮에는 쥐 죽은 듯 고요한데 무슨 문제가 있냐?" 친구는 오히려 화를 냈다. 두 칸이라던 방도 실은 단칸이었는데 옆방이 곧 빌 테니 그걸 얻으

라나 뭐라나.

아무것도 모르는 허명애와 둘째 언니 허명선과 오빠 허명진이 몇 달 뒤에 2차로 서울에 올라왔다. 나머지 식구들이 3차, 4차로 올라올 예정이었다. 국민학교 4학년에 전학한 아들 허명진에 대한 허찬수의 엄격한 감시가 시작되었다. 허명진은 한창 호기심이 많을 나이였다. 동네의 껄렁한 애들과 어울려 사창가 구경을 갈까 봐 학교가 끝나면 허명진을 한의원에 잡아놓고 한자를 가르쳤다. 허명진은 교복도 못 벗은 채 아버지에게 붙들렸다. 애들은 수시로 한의원 문을 열고 허명진을 불러댔다. 허찬수는 해만 지면 자식들을 문밖에도 나가지 못하게 했다. 허명선이 허명진과 허명애를 꼼짝 못하게 하고 공부를 시켰다. 해가 지면 허명애도 한집에 사는 수자가 불러도 나가지 못했다.

허명애는 그 거리가 그런 곳인 줄 몰랐다. '밤 10시 이후 미성년자 출입 금지' 표지판이 왜 거기에 서 있는지도 모른 채 등하굣길에 그 거리를 지나다녔다. 등굣길의 그 길은 너무도 적막하고 고요해서 사람 사는 동네 같지 않았다. 주택가의 아침은 어른들이 집 앞을 쓸고 두부 장수도 오고 소란스럽게 마련인데 그곳은 해만 둥실 떴지, 깊이 잠든 거리였다. 학교 가는 애들의 재재거리는 소리만 새소리처럼 들렸다. 특이했던 건 그 길에 고무풍선이 많이 나뒹군다는 거였다. 풍선은 비 온 다음 날 아침에 유난히 더 많이 눈에 띄었다. 허명애는 그게 늘 이상했다. 사람도 사는 것 같지 않은 동네에 웬 풍선들이지? 어른들의 감시가 아무리 삼엄해도 아이들이 빠져나갈 구멍은 언제나 있는 법이다. 어느 저녁, 허명진과 허명애는 수자를 따라 금지된 구역으로 갔다. 그곳은 온통 붉은빛이었다. 길가에 늘어선, 낮은 한옥의 방마다 붉은 등이 켜져 있었다. 어깨 파인 붉은빛 드레스를 입은 여자들이 껌을 씹으며 길 양쪽에서 서성였다. 애들은 들어가라고 여자들이 소리질렀다. 그 거리에 들어선 남자들은 "안 돼요, 돼요" 실랑이를 하다가 못 이기는 척 여자 손에 이끌려 어느 방으로 들어갔다. 죽은 듯하던 거리가 붉은 불빛 아래 서성이는 여자들로 가득 차고 그 사이사이를 남자들이 실랑이하며 지나가는, 아침과는 전혀 다른 세상이 펼쳐지는 것에 허명애는 큰 충격을 받았다. 어른들의 밤과 낮을 봤다고 해야 할까. 세상의 밤과 낮을 봤다고 해야 할까. 허명애는 두 번 다시 저녁때 그곳에 가지 않았다. 오빠 허명진이 동네 애들과 어울려 그곳을 더 기웃거렸는지는 알 수 없다.

한의원에 환자나 많았으면 허찬수가 그 동네를 감수했을 텐데 한의원에 환자가 얼쩡대지 않았다. 허찬수의 한의원에서 두 정거장 떨어진 대로에 한의원과 건재상 거리가 있었다. 환자들이 쭈뼛대며 굳이 사창가 부근의 한의원에 발을 들여놓아야 할 이유가 없었다. 그 동네에 한의원을 얻어준 친구는 허찬수와 식구들에게 '용서 못할 죽일 인간!'이 되었다. 끼니 걱정으로 동동거릴 때마다 허명애 엄마가 "아이구, 죽일 인간!" 하고 선창을 하면 자식들이 뒤따라 "그놈의 죽일 인간!" 했지만 머리가 굵은 자식들은 알았다. 아홉 식구의 명운이 달린 일을 남에게 맡긴 아버지의 책임이 '그놈의 죽일 인간'보다 크다는 걸. 그 책임을 통감했지만 해법이 없는 허찬수는 허리띠의 구멍만 자꾸 안쪽으로 뚫었다. 국화빵 몇 개가 점심이 된 지 오래였다.

차신혜는 계속 같은 소절을 쳤다. 자꾸 틀리나 보다. 차신혜가 피아노를 치는 사이, 허명애는 방 안을 자세히 둘러봤다. 연분홍빛 벽지에 흰색 장롱, 하얀 침대와 이불, 하얀 책꽂이, 하얀 책상과 의자, 하얀 커튼. 방 안이 환했던 게 햇빛 때문이 아니라 가구들이 뿜어내는 흰빛 때문이었나 보다. 그날따라 허명애 눈을 오래 잡아끈 건 침대였다. 한 번도 누워보지 못한 안락한 침대. 앞으로도 오랫동안 누워볼 일 없을 침대였다. 그 방에서 유일하게 흰색이 아닌 건 화장대였다. 파란 화장대가 하얀 가구 사이에서 독특한 빛을 냈다. 책꽂이를 둘러봤다. 교과서와 동화책과 만화책, 피아노 관련 책들이 꽂혀 있었다. 허명애가 읽고 싶던 『빨강머리 앤』 『소공녀』 『작은 아씨들』 『이상한 나라의 앨리스』 같은 책들이 나란히 꽂혀 있었다. 차신혜는 공부에 관심이 있는 것 같지도 않았고 책을 많이 읽는 것 같지도 않았다. 그 애는 피아노 선생이 오는 것도 달가워하지 않았다. 오직 노래하는 것만을 좋아했다. 차신혜는 성악가가 되는 게 꿈이라고 했다. 노래를 그렇게 잘하고 뒷바라지해줄 부모가 있으니 당연히 될 텐데 그게 무슨 꿈인가. 이루기 힘들어야 꿈 아닌가. 허명애는 그렇게 생각했다. 허명애가 『작은 아씨들』을 꺼내 펼쳐보고 있으니 밖에서 '우~~~ 우~~~ 오! 캐롤 아임바더풀 다링 아이러뷰 도유트리미 크롤……' 하는 노랫소리가 들렸다. 차신혜의 오빠가 부르는 노래였다. 차신혜의 형제는 고등학교 1학년인 오빠뿐이었다. 오빠가 부르는 노래가 도대체 무슨 소리인지 몰랐지만 그 노래는 허명애의 어깨를 들썩거리게 했다. 차신혜의 넘치는 행복을 이해할 수 없었던 마음도 어느새 사라졌다. 차신혜의 오빠는 엉덩이를 흔들며 큰소리로 그 노래를 불렀다. 자기 방으로 갈 때도 그랬고 마당에서 집사 아저씨와 얘기할 때도 엉덩이를 흔들며 그 노래를 흥얼거렸다. 오빠의 노래 실력도 차신혜만큼 좋은 건지는 몰랐다. 하루는 차신혜가 방문을 열고 말했다.

"오빠! 오, 캐롤 좀 그만해. 오빤 그 노래밖에 몰라? 딴 노래 좀 해."

"야, 네가 이 노래 가사를 알기나 해? 그나저나 참 별일이다. 네가 친구를 집에 데려오고. 근데 너, 우리 신혜 어디가 좋으냐?"

차신혜의 오빠가 허명애를 바라다보며 물었다. 갑작스런

물음에 당황해서 허명애는 얼른 대답하지 못했다. 오빠가 씩 웃었다.

"우리 신혜가 성격은 좀 좋지?"

"네. 성격이…… 좋아요. 노래도 잘하고……"

허명애가 더듬거렸다. 오빠는 "맞다, 맞아. 야, 덥다!" 하고는 커다란 엉덩이를 실룩거리며 자기 방으로 들어갔다. 날씨가 제법 선득한데도 오빠는 허벅지가 다 나오는 짧은 반바지를 입었다. 오빠는 살이 쪘고 덩치도 컸다. 오빠의 엉덩이는 펑퍼짐한 아줌마 엉덩이 같았다. 오빠는 동화에 나오는 왕자님과는 거리가 멀었다. 맘씨 좋은 시골 아줌마 몸매에 인상도 그랬다. 왕자님 같지 않은 차신혜의 오빠가 허명애는 편했다. 허명애는 『작은 아씨들』을 빌려서 차신혜의 집을 나섰다. 집으로 돌아오는 길에 허명애의 입에서는 끝도 없이 '오! 캐롤 아임바더풀 다링 아이러뷰……'가 중독된 듯 되풀이되었다.

그 밤 허명애는 한의원의 진찰용 침대에서 이불을 덮고 누웠다. 높아서 위험하다고 말리는 아버지를 이기고 거기서 잤다. 좁고 딱딱한 갈색 침대였다. 배 아픈 환자로 몇 번 누워보긴 했지만 거기서 잠을 자는 건 처음이었다. 침대가 높아 허공에 누운 듯 허전하고 불안했다. 차신혜의 침대가 떠올랐다. 하얀 이불이 덮인 널찍하고 나지막한 침대, 그곳에서 자면 저절로 착한 꿈을 꾸고 착한 아이가 될 것 같은 침대. 이런저런 생각에 뒤척이다 잠이 들었다. 한밤중에 허명애는 결국 식구들을 다 깨우고 말았다. 침대 아래로 굴러떨어졌다. 삐끗한 발목에 아버지가 침을 놓았다. 오빠가 허명애 머리에 꿀밤을 먹였다.

과외가 있다고 해서 차신혜 집에 안 갔는데 오후에 그 애 언니가 허명애를 데리러 왔다. "오늘 과외 선생 못 온다고 널 데려오래." 허명애가 차신혜의 집에 가니 과외 선생이 뒤따라 도착했다. 차신혜 오빠의 과외 선생은 고등학교 교사였고, 차신혜의 과외 선생은 대학생이었다. "못 온다고 해놓고 왜 온 거지? 정말 공부하기 싫은데." 차신혜는 울상을 하고 옆방으로 갔다. "쪼끔만 기다려." 차신혜는 말했다. 허명애는 혼자 초코케이크와 바나나를 입안에서 녹였다. 허명애는 과외 공부하는 차신혜는 하나도 안 부러웠다. 그 애보다 성적은 좋았으니까. 부러운 건 바구니에 그득 담겨 있는 커다란 바나나 송이였다. 허명애는 바나나를 몇 개 따서 옷에 슬쩍 감춰 가져가고 싶었다. 아버지는 오늘도 국화빵과 '명랑'을 먹었을 거다. 아버지는 서울에 오자마자 곧바로 명랑을 먹기 시작했다. 머리가 깨질 듯한 두통을 이길 길이 그것밖에 없다고 했다. 그걸 먹는다고 약 이름처럼 명랑해지지는 않지만 일시적으로 두통이 사라지는 것만은 확실하다고 아버지는 피식 웃었다.

갑자기 차신혜 오빠의 방에서 전축 소리가 크게 울렸다. "우~~~ 우~~~ 오! 캐롤 아임바더풀 다링 아이러뷰……" 그

노래가 전축에서 울리는 건 처음 듣는데 오빠가 부르는 노래
와는 완전히 딴 노래 같았다. 허명애가 아버지를 잊을 만큼
가수의 목소리가 앳되고 싱그러웠다. 게다가 쿵쿵쿵, 하는 경
쾌한 악기 소리와 함께 우~~ 우~~ 하고 노래가 시작되어
오빠가 부를 때보다 훨씬 신이 났다. 차신혜의 오빠는 공부
는 안 하고 「오! 캐롤」만 불러젖혔다. 오빠의 과외 선생도, 차
신혜의 과외 선생도, 공부는 안 가르치고 전축에서 흐르는 노
래만 따라 부르는 듯했다. 차신혜 엄마의 감시가 없어서 그랬
으리라. 그 부잣집에 허명애가 자주 드나든 것도 낮에 차신혜
엄마가 없어서 가능했을 거다. 그 집 남매의 관심은 오직 노
래였다. 부잣집 자식은 뼈 빠지게 공부하지 않아도 세상을 살
아갈 수 있다는 생각이 어린 그 집 남매의 머릿속에 이미 자
연스레 자리 잡았었는지 모르겠다. 허명애의 언니 허명선은
단칸방의 앉은뱅이책상에 구부리고 앉아 허리가 휘도록 공부
했다.

차신혜네 집 솟을대문에 들어서면 허명애는 자신이 이 세
상에 있는 건지 이야기 속 어느 집에 잠시 들어와 있는 건지
분간이 안 되었다. 차신혜네는 어떻게 해서 이다지도 큰 집
에 살게 되었을까. 할아버지 대부터 살던 집이라는데 차신혜
할아버지는 일제강점기에 뭘 했기에 이토록 큰 집에 살았을
까. 허명애가 생각에 잠겨 있는 동안 과외 공부하는 옆방에서
는 아무 소리도 들리지 않았다. 바나나를 두 개 먹고 방을 둘

러보던 허명애의 눈이 차신혜의 파란 화장대에 머물렀다. 화장대 거울 아래 작은 분홍색 유리병이 여러 개 놓여 있었다. 차신혜가 어린이 합창단에 간다고 손톱에 바르던 거다. 허명애는 분홍색 유리병 하나를 집어 얼른 바지 주머니에 넣었다. 차신혜가 과외를 마치고 나오자 허명애는 일어섰다.

"나, 갈래." 가슴이 두방망이질했다.

"여태 기다렸는데 왜 가?" 차신혜가 따라 나왔다.

"너무 기다려서 그래? 미안해, 명애야."

"아냐. 이제 집에 가야 해."

허명애는 바지 주머니에 한 손을 넣고 뛰었다. 언니는 아직 하교하지 않았다. 허명애는 급히 열 개의 손톱에 연분홍빛 물감을 칠했다. 속을 메슥거리게 하는 독한 냄새에 숨을 참았다. 마음이 급하니 물감이 손톱 옆에도 마구 발라졌다. 다 바른 뒤 분홍색 유리병을 변소에 콱 처박았다. 구더기들이 곧 그 병 위에 올라탔으리라.

그날 이후 허명애는 차신혜의 집에 가지 않았다. 자기네 집이 차신혜네 변소보다 못한 건 참을 수 있지만 국화빵만 먹는 아버지가 점점 초라해 보이는 건 참기 힘들었다. 가족사진 속의 기름지고 풍채 좋은 차신혜의 아버지와 겨릅대처럼 마른 아버지를 비교하는 자신도 싫었다. 차신혜네 집에만 가면 가슴속에 억울함이 이끼처럼 자라 퍼지는데 그걸 모른 척하는 건 온당치 않다고 생각했다. 왠지 모르지만 자신이 참말과 거

짓말 사이를 왔다 갔다 하는 것 같은 느낌이 드는 것도 싫었다. 아무것도 모르는 차신혜는 변함없이 다정했다.

4학년이 되자 허명애와 차신혜는 다른 반이 되어 흩어졌다. 허명애에게는 학년이 바뀐다는 건 누군가와의 이별을 뜻했다. 문순애 선생님마저 남편 따라 지방의 학교로 전근을 하게 되었다. 선생님은 헤어지면서 허명애를 안아주었다. "어떤 일이 있어도 흔들리지 말고 중심을 잡고 살아야 해. 응?" 처음부터 허명애의 속을 다 들여다본 선생님은 마지막까지 허명애의 속을 읽고 떠났다.

그런 중에 허명애의 집이 이사했다. 허찬수는 창덕궁 돌담 옆 한옥마을에 방을 얻었다. 이사하는 날 수자가 푸른 콧물을 들이마시며 울었다. 그 애의 콧물은 학년이 올라가도 길이가 줄지 않았다. 수자는 콧물은 흘렸지만 한 학년 위라고 허명애를 데리고 다니며 서울 구경을 시켜줬다. 창경원 벚꽃놀이도 가고 남산에도 올라갔다. 뚝섬에 가서 수영도 가르쳐주었다. 수영복이 없으니 입은 채로 한강에 들어가서 놀다가 햇볕에 말려서 돌아왔다. 자하문 밖 과수원에 가서 자두도 사주었다. 고물상을 하는 수자네 형편이 허명애네보다 나았다. 나아도 한참 나았다. 허명애는 수자와 헤어지는 것보다 아저씨의 색소폰 연주를 못 듣게 된 게 서운했다. "명애, 색소폰 연주 들으러 자주 올 거지?" 아저씨가 물었지만 그 집에 갈 일이 다시 없으리라는 걸 허명애는 알았다.

시골에 남았던 허명애네 식구들이 모두 올라왔다. 방 두 개의 사글세 집이었지만 허찬수는 비로소 마음을 놓았다. 자식들을 조용하고 안전한 곳에 모아놓았으니 말이다. 어떻게도 옮겨볼 재간이 없어 한의원은 그 동네에 남았다. 허명애네 시골 식구들이 이사하고 한 달쯤 지났을 때 계엄령이 선포되고 학교의 철문이 닫혔다. 광화문에서, 서대문에서 따갑게 총성이 들리던 4월이었다.

차신혜와 허명애는 각기 다른 중학교에 입학했다. 그 겨울 박정희가 제5대 대통령에 취임했다. 이후 오랫동안 허명애와 친구들은 대통령이 바뀌지 않는 나라에 살았다.

중학교에 다니는 동안 허명애는 차신혜를 만나지 못했다. 다정하던 차신혜가 보고 싶고 그 애를 빛나게 하던 노래가 듣고 싶고 오빠의 「오! 캐롤」이 생각나기도 했다. 하지만 집에 찾아가지는 않았다. 돌이켜보면 허명애가 분홍색 유리병을 주머니에 넣고 나온 건 두 번 다시 그 집에 가지 않을 확실한 명분을 만들기 위해서였던 것 같다.

중학교에 입학하고 나서 허명애가 만난 건 뜻밖에도 장희성이었다. 하굣길에 허명애네 학교 앞 큰길에서 장희성과 딱 마주쳤다. 장희성이 전학한 뒤 처음 보는 거지만 한눈에 서로를 알아봤다. 둘은 당황하여 아무 말도 건네지 못하고 잠시 마주 보고 서 있었다. 장희성은 여전히 검은 뿔테 안경을 쓰

고 있었고, 교복에는 수재들이 입학한다는 K중학교의 교표
가 당연하게 달려 있었다. 얼굴이 붉어진 장희성이 먼저 고개
를 숙이고 허둥허둥 허명애 옆을 지나쳤다. 너무나 커버린 장
희성의 뒷모습을 허명애는 오래 바라다보았다. 잠시나마 장
희성의 얼굴을 보고 나니 가슴 한편에 남아 있던 그리움이 다
해소되는 듯했다. 그리움에 앓던 시절은 그렇게 허명애 삶에
한 켜가 되어 얹혔다.

'캐롤'이 여자 이름이라는 걸 안 것은 허명애가 중학교 2학
년이 되어서였다. 미국 가수 닐 세다카의「You Mean Everything
To Me」를 좋아하게 되면서 그의 모든 노래에 관심을 갖게 되
었다. 반 아이들이 클리프 리처드에 열광할 때였다. 허명애는
클리프 리처드도 좋았지만 닐 세다카에 마음이 더 갔다. 「오!
캐롤」이 그의 노래라는 걸 알아서 그랬을 거다. 「오! 캐롤」은
십대였던 가수 닐 세다카가 이웃에 살던 여자 친구 캐롤 킹에
게 바치려고 만든 곡인데, 캐롤은 구애를 정중히 거절했다고
한다. 닐 세다카는 사랑은 거절당했지만 그의 노래 「오! 캐
롤」은 세계적으로 빅히트를 했다. 차신혜의 오빠가 공부는 뒷
전이고 허구한 날 그 노래만 불러댔을 만큼. 허명애 생애 최
초의 팝송이 되었을 만큼.
　허명애에게 「오! 캐롤」은 노래가 아니었다. 비밀의 궁 같은
차신혜의 집이며 엉덩이 펑퍼짐한 오빠, 입이 뾰족한 언니,

허리가 빳빳한 집사, 새큼달큼했던 파인애플과 입에서 녹던 바나나, 그리고 차신혜의 집에 더 이상 가지 않게 해준 분홍색 유리병, 아버지의 명랑과 국화빵과 홍등가가 함께 버무려져 있는, 국민학교 3학년 허명애의 인생이었다.

흙
다시
만져보자

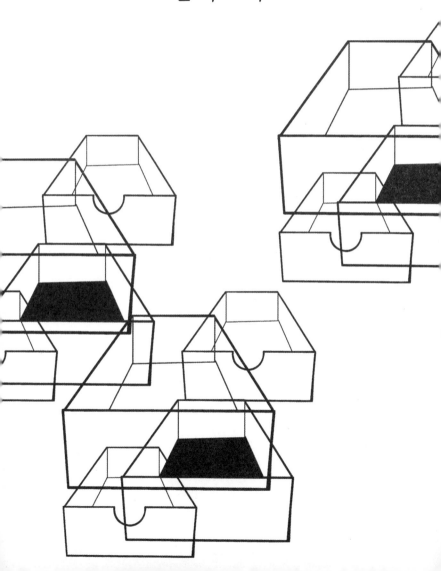

김민숙은 안짱걸음을 걸었다. 반 아이들은 그 애가 일본 사람처럼 걷는다고 수군거렸다. 허명애는 일본 사람이 걷는 걸 본 적이 없었으므로 아이들의 말을 믿지 않았다. 학년이 시작된 지 한 달쯤 지나자 김민숙의 혈통에 대해 소문이 돌았다. 김민숙의 할아버지가 일본인 여자와 결혼했고, 아버지가 일본인 아내를 맞았다는 거였다. 김민숙 몸에는 일본인의 피가 훨씬 많다는 얘기였다. "김민숙은 일본 사람이 맞네." 몇몇 아이들은 신이 나서 떠들었다. 김민숙은 그 말을 부정하지 않았다. 수업 시간에 일제강점기나 한일 문제에 관한 얘기가 나오면 선생님이 흥분했고 아이들도 덩달아 흥분했다. 해방된 지 이십 년이 채 안 되었을 때니 그랬다. 어떤 애들은 김민숙을 노려보거나 손가락질을 하며 뭐라고 했다. 김민숙은 태연했다.

김민숙은 허명애가 중학교에 입학해서 만난 첫 친구다. 그 애는 안양에서 기차 통학을 했다. 아버지가 그곳에서 안과 의사였다. 김민숙은 서울역까지 완행열차로 오고 서울역에서 학교까지는 버스로 왔다. 그 애는 기차 시간 맞추느라 등교 시에도, 하교 시에도 언제나 헐레벌떡하는 모양새였다. 머리 오른쪽에 비스듬히 쓰는 교모인 베레모를 뒤통수에 붙여 오는 게 다반사였다. "모자가 뒤통수에 달랑달랑 붙어서 함께 온 게 기적 아니니?" 아이들은 낄낄댔다. 김민숙은 기차와 버스에 시달려 치맛단이 뜯어진 채 등교할 때도 있었다. 그 애는 만날 바빠서 덜렁대는 듯이 보였지만 책을 많이 읽었다. 아버지의 서재에 책이 많다고 했다. "우리 아버진 의사가 안 되었으면 작가가 되었을 거래. 지금도 매일 원고지에 뭘 쓰셔." 김민숙은 기차에서 『테스』를 읽는데 진도가 잘 안 나간다고 했다. 허명애는 기차 차창에 기대어 앉아 책 읽는 소녀의 모습을 그려보며 기차 통학하는 김민숙을 부러워했다. 허명애는 『테스』를 빌려달라고 말하고 김민숙이 빨리 읽기를 바랐다. 김민숙의 도시락밥에는 항상 김 한 장이 덮여 있었고 그 위에 달걀 프라이가 얹혀 있었다. 그 애는 가끔 일본 울외 장아찌인 나라스케 무침을 반찬으로 싸 왔다. 은은한 단맛에 쌉싸름하기도 하고 아삭한 게 허명애가 싸가는, 짜기만 한 무장아찌와는 달랐다. 허명애는 김민숙의 나라스케를 염치없이 집어 먹었다. 어느 날 김민숙이 나라스케 무침을 한 통 가지고 왔다. "엄마가 너 갖다주라고 하셨어." 허명애는 김민숙이 감기 걸렸을 때 한약 세 첩을 지어다 줬다. "아버지가 너 갖다주라고 하셨어." 둘은 그렇게 중학교 1학년 소녀 시대를 넘고 있었다.

여름방학 중에 허명애는 김민숙과 함께 영어학원에 다녔다. 고등학교 때도 못 다닌 학원을 무슨 사연으로 중학교 1학년 때 가게 되었는지 모를 일이다. 어쨌거나 둘째 언니 허명선이 영어학원에 등록해줬다. 허명선은 S대학 입시에 합격했으나 입학하지 못했다. 허찬수 부부는 딸의 국립대학 입학금을 마련하지 못해 애간장이 녹았다. 허명선은 부모가 울며 애태우는 것도 보기 힘들었고 어찌어찌 입학한다 해도 4년 등록금을 어떻게 마련하나 싶었다. 동생들이 줄줄이 있는 것도 부담이었다. 허명선은 대학을 포기했다. 중학생 과외 선생을 일 년 한 뒤 공무원 시험에 응시하여 체신부 9급 공무원이 되었다. 허명선을 S대학에 입학시키지 못한 것은 허찬수의 가슴에 얹힌 바윗덩이 위에 큰 바위 하나를 더 얹은 셈이었다. 허찬수가 서둘러 서울로 올라온 것이 둘째 딸을 촌구석에서 썩힐 수 없어서였으니 말이다. 허찬수의 한을 훗날 허명애의 동생 허명욱이 조금 풀어주긴 했다. 허명욱은 검은 뿔테 안경 장희성이 다니던 K중학교에 입학했다. 부모가 인생 역전

할 수 있는 기회는 자식의 성공이었다. 허찬수는 일단 역전할 수 있는 작은 꿈을 꿔볼 수 있게 되었다. 성실하게 K중고등학교를 졸업하면 SKY 대학에 갈 수 있고 이후의 길이 거의 보장되던 시대였다. 허찬수가 고향을 떠나와 매일 국화빵과 '명랑'을 입에 털어 넣으며 산 시간과 맞바꿀 수는 없었겠지만 그래도 꿈의 꼬투리를 잡을 수 있게 된 거였다. 허명선은 대학을 영영 포기하지는 않았다. 이 년 뒤 대학에 입학했다. 근무를 야간으로 바꾸고 주간에 대학을 다녔다.

허명애의 언니들이 아버지에게 더러 귀향 얘기를 꺼냈다. 고향에서는 가장 좋은 원단의 교복을 입고 뻐기다가 서울에 올라와 동대문시장의 구제 옷을 사 입으며 자존심이 구겨질 대로 구겨진 언니들이다. 그럴 때 아버지가 대답했다. "떠나온 물에는 다시 올라탈 수 없는 법이다." 허찬수는 인생의 봄날을 살았던 고향 집 사랑채와 환자들이 끊이지 않던 한약방이 무시로 그리웠지만 귀향을 입 밖으로 내지 않았다. 자식들을 큰물에 풀어놓았으니 어떻게든 거기서 헤쳐나가도록 해야 한다고 생각했다. 귀향을 누구보다 원한 건 허명애의 엄마 김이순이었다. 다른 식구들은 가난 속에서도 서울에 살아야 할 이유가 나름대로 있었다. 김이순에게는 그게 없었다. 저녁 쌀도 없는데, 언제 올지 모르는 환자를 기다리며 명랑을 목구멍에 털어 넣는 남편을 바라보는 일밖에 할 일이 없었다. 저녁

쌀값을 고대하며 한의원에 나가 앉아 있는 김이순 옆에는 밀린 월세를 받으러 와서 턱 받치고 기다리는 집주인이 있었다. 집주인은 종일 한의원을 지키며 점심에 국화빵까지 얻어먹었다. 환자가 와서 약을 지으면 김이순을 제치고 돈을 홀랑 채갔다. 집주인은 친구를 데리고 와 둘이 종일 장기를 두고 점심으로 국화빵을 얻어먹기도 했다. 김이순은 "문둥이 콧구멍의 마늘도 빼먹을 놈!"이라고 집주인을 욕했다. 허탈하고 허망한 시간이 김이순 앞에 던져져 있었다. 시장을 돌아다니며 배춧잎을 주울 때마다 서울로 온 남편을 원망했다. 고향에서는 한약방 사모님으로 대접받고 이웃들에게 베풀며 살았다. 밭농사도 있어 쉴 틈 없이 바빴다.

오전에 학원 강의가 끝나고 허명애가 김민숙과 함께 그 애네 집에 간 적이 있었다. 김민숙이 통학하는 기차를 탔다. 기차 타는 시간이 짧아서 책 읽을 시간은 잠시였고 승객이 많아 자리도 없었다. 기차 통학이 생각만큼 낭만적이지는 않았다. 김민숙네 이층 목조주택의 현관에 들어서니 좁고 컴컴한, 기다란 복도가 허명애를 맞았다. 복도에는 김민숙의 할아버지 할머니 사진과 김민숙네 세 식구 가족사진이 걸려 있었다. 전등이 흐려서 인물들의 얼굴이 자세히 보이지는 않았는데 김민숙 아버지의 침울한 얼굴만은 선명하게 눈에 들어왔다. 어느 책에선가 본 듯한 작가의 표정을 닮아 있었다. 허명애는 아버지가 더 마르기 전에 가족사진을 찍어두면 좋겠다는 생각이 들었다. 김민숙의 방은 이층에 있었다. 커다란 창을 여니 푸른 포도밭 너머로 야트막한 산이 바라다보였다. 창문 아래에는 책상이 있고 그 옆에 기다란 책장 하나가 세워져 있었다. 차신혜의 방이 떠올랐다. 온통 새하얗던, 조심스러워 함부로 할 수 없던 방. 가만히 앉아 파인애플이나 바나나를 입 안에서 살살 녹여 먹고 나오던 방. 차신혜는 성악가가 되기 위해 열심히 노래하고 있을까. 허명애는 김민숙의 소박한 방이 편안했다. 침대 없는 방바닥에 눕고 싶고 뒹굴고 싶었다. 허명애와 김민숙이 누워서 뒹굴고 있으니 김민숙 엄마가 하얀 접시에 포도를 담아 가지고 들어왔다. 안양은 포도의 고장이었다. 김민숙 엄마는 젊었다. 얼굴도 뽀얗고 초록색 원피스를 입은 맵시도 아름다웠다.

"우리 민숙이가 네 얘길 많이 해. 민숙이랑 친하게 지내줘서 고맙다. 금방 밥 차릴 테니 포도 먹으며 좀 기다려."

"고맙습니다." 일본 사람을 바로 눈앞에서 보고 얘기하는 날이 있으리라고는 상상도 해보지 않았는데 허명애에게 그런 일이 생겼다. 김민숙 엄마의 겉모습은 우리나라 사람과 똑같았다. 진짜 일본 사람인 김민숙 엄마는 안짱걸음을 걷지 않았다.

"우리 엄마, 한국 사람 같지?"

"응. 한국말도 잘하시고."

"우리 할아버지가 일본 유학 중에 하숙집 딸을 좋아했대.

할아버지는 양가의 반대에도 불구하고 할머니와 결혼해서 안양에 사셨어. 소년 시절의 아버지는 일제강점기에 일본 여인과 결혼한 할아버지를 이해하지 못해 갈등이 많았다고 해. 엄마가 일본 사람인 게 이상했던 거지. 그런 아버지가 일본으로 유학 가서 같은 대학의 엄마를 만나게 된 거야. 우리 할아버지와 아버지가 우습지?"

딱히 뭐라고 대답해야 할지 몰라 허명애는 가만히 있었다.

"난 어려서부터 당연히 한국 사람으로 알고 살았어. 광복절 노래 배울 때 '흙 다시 만져보자 바닷물도 춤을 춘다' 하고 노래 부르면 가슴이 벅차오르고 흥분되었거든. 방금 해방된 것처럼. 해방되던 날의 감격을 할아버지한테서 하도 들어서 그런지는 모르겠지만 말야. 넌 가슴이 뛰지 않니? 그 노래 부르면?"

"여태 건성으로 불러서 잘 모르겠는데? 우리 한번 불러볼까?"

흙 다시 만져보자 바닷물도 춤을 춘다
기어이 보시려던 어른님 벗님 어찌하리
이날이 사십 년 뜨거운 피 엉긴 자취니
길이길이 지키세 길이길이 지키세

김민숙과 허명애는 열린 창문에 붙어 서서 광복절 노래를 큰 소리로 불렀다. 김민숙에게 얘기를 듣고 불러서 그런지 허명애도 가슴이 뭉클해졌다.

"이 노래 제목을 '광복절 노래'라고 하지 말고 '흙 다시 만져보자'라고 하면 좋겠어. 할아버지가 만날 그렇게 말씀하셨거든."

"우리끼리는 그렇게 할까?" 둘은 마주 보고 한참 웃었다.

점심을 먹고 김민숙이 허명애를 배웅하러 나왔다.

"사실 난 국민학교 때부터 애들에게 일본 사람이라고 놀림 받고 괴롭힘을 많이 당했어. 나는 한국 사람이라고 생각하는데 애들이 따돌리니 혼란이 와. 나는 어느 나라 사람인가 싶고, 나는 대체 어느 나라 사람으로 살아야 하나 싶어. 아버지에게 일본 가서 살자고 하고 싶지만 그게 간단한 일이 아니고, 일본에 가서 조센징이라고 놀림 받지 않는다는 보장도 없잖아. 명애야, 내가 너랑 계속 친구가 될 수 있을까?" 김민숙이 울음을 터트렸다.

허명애는 그 애가 그런 갈등 속에 사는 줄은 몰랐다. 교실에서 아이들이 하는 소리에 의연하기에 별로 신경 쓰지 않는 줄 알았다. 겉으로는 멀리 보이는 집 창문의 불빛처럼 평온해 보이는 사람들도 저마다 다른 아픔, 다른 서러움을 하나씩 지고 살아가는구나. 창문 뒤의 삶은 누구도 알 수 없구나, 생각하면서 허명애는 기차를 탔다. 김민숙은 허명애로서는 상상도 해보지 않은 혼혈인으로서의 서러움을 겪으며 살지만 허명애의 서러움은 알지 못하리라.

비 오는 날 김민숙은 노란 우비 노란 장화에 까만 박쥐우산을 쓰고 학교에 왔다. 허명애가 세상에서 가장 갖고 싶은 게 큼지막한 그 박쥐우산이었다. 그것만 있다면 세상에 뭐가 더 필요할까 싶었다. 비 오는 날 도톰한 노란 우비를 입은 김민숙의 얼굴은 혼혈아도 무엇도 아니고 그저 보호받는 아름다움 자체였다. 우산도 우비도 장화도 없는 허명애는 비 오는 날 아침엔 눈도 뜨기 싫었다. 우산 없는 사람에 대한 자비가 전혀 없는 하늘이 원망스러웠다. 집에 두어 개 있는 우산은 일찍 나가는 언니나 아버지가 써야 하고 지우산은 다 찢어져 구멍이 나 있었다. 그런데 이상하다. 숱하게 비 오는 날들을 살았을 텐데 비를 쫄딱 맞고 등교한 기억이 없다. 학교까지 십오 분을 뛰어갔으면 머리와 교복이 다 젖어 물이 뚝뚝 흐르는 채로 공부했을 텐데 어째서 기억이 없을까. 처참했던 그 기억이 지금도 뼛속에 축축하게 남아 있어야 할 터인데. 그런 날들이 참담해서 기억에서조차 퇴출한 걸까. 비를 흠뻑 맞고 귀가한 날들의 기억은 확연하게 살아 있다. 갑자기 비가 쏟아지는 날, 학부형들이 우산을 가지고 와서 아이들을 하나둘 데려가고 나면 교실에 남는 건 가난한 애들뿐이었다. 데리러 올 사람이 없는 게 아니라 가지고 올 우산이 없는 집의 애들이었다. 우산이 없는 애들은 버려진 아이들처럼 교실에 남아 있다가 어느 순간 가방을 머리에 이고 비 쏟아지는 운동장으로 일시에 달려 나갔다. 시속 100킬로의 속도로. 옷이 다 말라도 그 서러움은 뼛속까지 젖어 마르지 않았다. 김민숙은 그런 일은 상상도 해보지 못했을 거다.

이학기가 끝날 무렵 김민숙이 휴학했다. 그때쯤 김민숙은 몸이 바짝 마르고 얼굴이 파리해졌다. 허명애와 김민숙은 찰떡궁합이라 일 년 동안 말다툼 한 번 하지 않았다. "건강이 좋아지면 복학할 거지?" 허명애의 물음에 김민숙은 희미하게 웃었다.

김민숙이 휴학하자 1학년도 금방 가버렸다. 이듬해 봄부터 박정희가 추진하는 한일회담과 한일협정에 반대하는 시위가 전국적으로 확산되었다. 시위로 나라가 연일 시끄러웠다. 대부분의 아이들은 그런 일에 아무 관심이 없었지만 부모에게 듣고 와 교실에서 목소리 높이는 애들이 몇몇 있었다. 허명애는 김민숙을 생각했다. 그 애가 교실에 있었다면 얼마나 불편했을까. 누군가는 또 그 애를 얼마나 매서운 눈으로 쳐다봤을까. 김민숙이 가족과 함께 일본으로 갔다는 편지를 받은 건 이 년 뒤였다. 편지를 읽고 나자 허명애는 김민숙 아버지의 침울하던 얼굴이 떠올랐다. 일제강점기에 일본 여인과 결혼한 아버지를 그토록 싫어했으면서 자신도 일제강점기에 일본 여인과 결혼하고 아이를 낳았으니, 매일 원고지에 뭔가를 쓴다던 그의 고뇌를 알 듯도 했다. 김민숙 아버지가 안양에 병원을 개업한 건 자신의 뿌리가 한국에 있다고 믿었기 때문일 터인데 딸의 아픔을 외면하기가 쉽지 않았던 모양이다.

　광복절 기념식 중계방송을 볼 때마다 허명애는 김민숙을 그리워한다. "흙 다시 만져보자 바닷물도 춤을 춘다", 참석자들이 광복절 노래를 제창하면 허명애는 가슴이 뜨거워지면서 김민숙이 떠오른다. 김민숙네 이층 목조주택과 현관 복도의 가족사진, 그녀의 방 창문에 기대어 부르던 광복절 노래. 그녀는 어디서 이 노래를 들으려나. 이 노래를 부르면 아직도 가슴이 뛰고 흥분되려나.

호반에서
만난
사람

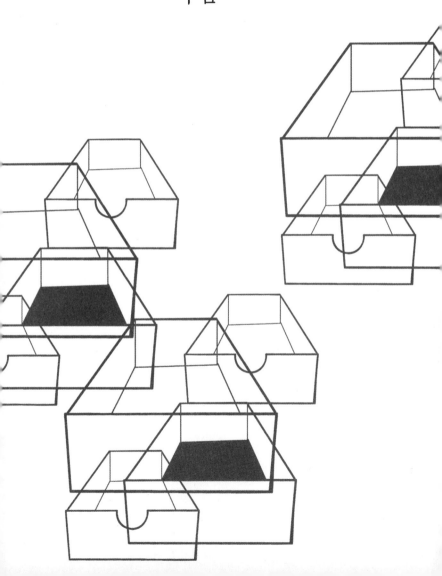

허명애는 32번, 이인숙은 34번이었다. 허명애는 이인숙의 배실배실 잘 웃는 얼굴이 예뻐서 친구가 되고 싶었는데 이인숙이 왜 자기와 친구가 되고 싶었는지는 아직도 잘 모른다. 어쨌든 이인숙과 허명애는 중학교 2학년 초에 단짝이 되었다.

한 사람이 나간 자리에 또 다른 사람이 들어와 채우는 게 사람살이의 이치인 모양이다. 바닷물이 빠져 쓸쓸하고 황량했던 갯벌 위에 곧 다시 푸른 바닷물이 채워져 온전한 바다가 되듯이 장희성이 나간 자리에 차신혜가 오고, 차신혜가 빠진 자리에 김민숙이 들어오고, 김민숙과 작별하니 또 다른 친구 이인숙이 허명애에게 왔다.

허명애는 이인숙을 만나고는 시도 때도 없이 질투쟁이가

되었다. 이인숙이 다른 친구와 화장실만 다녀와도 질투가 끓어올라 말도 하기 싫었다. 허명애는 지금껏 자신이 질투가 많다고 느껴본 적이 없었는데 갑자기 왜 그런 질투쟁이가 되었는지 몰라 당황스러웠다. 그동안에는 이인숙만큼 독차지하고 싶은 친구가 없었던 걸까. 허명애만 그런 게 아니었다. 이인숙 역시 그랬다. 허명애가 누구와 잠시 얘기만 해도 입을 삐쭉거리고 며칠씩 말을 안 했다. 둘은 뺑덕어멈처럼 삐쭉하면 빼쭉하고 빼쭉하면 삐쭉하며 토라져 말을 안 하기가 일쑤였다. 토라진 뒤에 허명애와 이인숙은 엄청나게 편지를 써댔다. 둘 사이에 앉은 33번이 질투와 변명과 화해와 용서의 말로 가득한 그들의 편지를 배달했다. 33번은 "사랑싸움이 잦으면 이혼인데?" 하고 둘을 놀렸다. 하루는 이인숙이 허명애에게 말했다. "네 편지가 읽고 또 읽어도 감동이어서 우리 아버지께 보여드렸어. 그랬더니, 이 친구는 나중에 소설 쓰면 좋겠다고 하시더라." 이인숙 아버지는 지방에서 중학교 국어 선생님으로 계신데 아직도 시인의 꿈을 갖고 있다고 했다. 이인숙 앞에서 펄펄 뛰며 기뻐하지는 않았지만 이인숙 아버지의 말은 허명애에게 내밀한 힘이 되었다. '장희성은 공부, 차신혜는 노래로 자신을 빛내던데 나는 글로 나를 빛낼 수 있을까.' 잘하는 게 없어 쑥 내밀지 못하던 허명애의 가슴에 비밀스러운 꿈이 생겼다.

이인숙과 허명애가 다툼과 화해를 반복하는 사이에 2학년이 다 지나고 있었다. 허명애는 3학년이 되는 게 두려웠다. 학년이 올라간다는 건 아픈 이별을 의미했으니. 3학년이 되었다. 허명애는 어김없이 헤어지는 일을 겪어야 했다. 이인숙과 반이 갈렸다. 이인숙은 6반이었는데 6반만 이층에 있고 다른 반은 모두 일층에 있었다. 다른 반이 된 걸 이인숙이 허명애보다 더 못 견뎠다. 6반만 뚝 떨어져 있어 더 그랬다. 그 애는 자기네 반에 마음을 붙이지 못하고 쉬는 시간마다 허명애네 반으로 내려왔다. 허명애와 이인숙은 급하게 만나 화장실도 가고 교내 매점에도 갔다. 둘은 종례 시간을 기다려 함께 하교했다. 이인숙은 서울로 진학하느라 시골 부모님 집을 떠나 이모네 집에 살고 있었다. 배실배실 잘 웃는 그 애의 얼굴에 건듯 지나는 그늘이 보이는 건 그런 이유에서였을 거다. 어려서 엄마와 떨어져 살아본 허명애는 이인숙의 그늘을 알았다. 이인숙은 이모에게 매우 미안해했다. 방 두 개가 나란히 붙은 살림집의 방 하나를 조카에게 내준 이모는 신혼이었다. 이모네 집은 학교에서 버스 타고 삼십 분을 가야 했고 허명애네 집은 학교 부근에 있었다. 종례를 기다려도 고작 운동장을 가로질러 교문까지 함께 가는 게 다였다. 그렇건만 허명애와 이인숙은 꿋꿋하게 서로를 기다렸다. 순경인 이모부가 휴무인 날, 이인숙은 어떻게든 늦게 집에 가려 했다. 친구를 위해 허명애는 학교 언덕의 백송나무 아래에 앉아 헤르만 헤세를 함께 읽거나 도서관에서 숙제하며 시간을 보냈다. 본교 고등학교에 진학한다고 입시 공부는 치열하게 하지 않았다.

　4월 중순쯤인가, 이인숙네 반이 단체 기합받느라 종례가 늦어졌다. 모두 책상 위에 올라가 무릎을 꿇고 있었다. 기합은 도무지 끝날 기미가 안 보였다. 애들 다리가 저릴 텐데 늙은 비실이 도덕 선생님은 독하게도 벌을 주고 있었다. 무슨 일인지는 몰라도 여학생들을 책상 위에다 무릎을 꿇게 한 건 너무하다, 툴툴대면서 허명애는 6반 교실 앞 복도에 쪼그리고 앉아 있었다. 기다리고 기다리다 다리도 저리고 허리도 아파진 허명애는 친구 기다리기를 포기했다. 이튿날 아침 이인숙이 허명애네 교실에 오지 않았다. 등교하면 으레 허명애에게 와서 배실배실 웃어주고 6반으로 올라가던 친구였다. 2교시 후 둘이 화장실에서 마주쳤지만 이인숙이 입을 빼쭉 내밀고 허명애 옆을 지나쳤다. 전날 기다리지 않은 허명애에게 화가 난 모양이었다. 점심시간에 허명애네 교실에 와서 다른 친구와 얘기하고는 허명애는 쳐다보지도 않았다. 허명애가 다가가자 쌩하니 가버렸다. 얼마나 오래, 허리가 아프도록 기다렸는지 말할 기회를 주지 않았다. 다른 때처럼 며칠 그러다 말겠거니, 편지가 오겠거니, 했는데 이인숙에게서 반응이 없었다. 이인숙이 너무 괘씸해서 허명애도 편지 한 줄 쓰고 싶은 마음이 안 생겼다. 이인숙도 더는 일층에 내려오지 않았다. 허명애는 이인숙이 누구와 어울려 지내는지 알 수 없어 애가 탔다. 수업 끝나고 어디서 누구와 시간을 보내다가 이모 집에 가는지 궁금했다. 그렇다고 6반 앞에 가서 서성거리고 싶지는 않았다. 어느 때는 집 앞에 그 애가 와서 기다리고 있을 것 같아 부리나케 달려가 보지만 긴 골목 안에 봄날 오후의 넘어가는 햇볕만 아른거리곤 했다. 이인숙과 허명애가 일층과 이층에서 남이 되어가는 사이에 중학교 졸업이 다가왔다.

본교 고등학교로 진학한 이인숙과 허명애는 1학년 때 같은 반이 되었다. 신은 심술궂었다. 전혀 필요하지 않은 때에 둘을 같은 교실에 넣어주었다. 둘은 머쓱해서 서로 동선을 피해 다녔다. 허명애는 농촌 봉사 서클에 가입하여 거기서 만난 반 친구들과 새로운 학교생활을 시작했다. 이인숙은 같은 반에 친한 친구가 없어 혼자 다녔다. 그 모습이 짠하고 신경 쓰였지만 말을 붙여볼 용기가 나지 않았다. 일학기가 끝날 무렵, 허명애는 이인숙 아버지가 지난해 가을에 학교를 그만두었다는 얘기를 전해 들었다.

수업 중 책상에 엎드려 자는 남학생의 등을 이인숙 아버지가 30센티 자로 쿡 찌르며 일어나라고 했는데, 학생이 쓰러지며 의식을 잃었다. 도시에서 유흥업소를 하는 학생 아버지가 교장실에 와서 진을 쳤다. 학생 아버지는 조직 폭력배까지 대동했다. 그들은 당장 교사의 목을 치라고 협박했다. 조직 폭력배들은 이인숙 아버지를 며칠이나 교장실에 붙잡아두고 수업에도 못 들어가게 했다. 교장은 그건 우연한 사고지 폭력이 아니라고, 교권을 침해하지 말라고 버텼다. 평소에 교사가 전혀 폭력을 쓰지 않았을 뿐 아니라 가벼운 체벌도 하지 않았다고 학생들이 증언했다. 그런데도 학생 아버지는 교장을 교육청에 신고했다. 폭력 교사를 내쫓지 않고 편드는 교장을 해임하라고 했다. 학생의 의식은 하루 만에 돌아왔다. 당시는 폭력 교사에 대한 인식이 없어, 교사들은 수시로 학생들에게 체벌을 가했다. 이인숙 아버지는 특별한 체벌도 하지 않았지만 결국 교직을 그만두었다. "아버지는 교직을 천직으로 생각하고 시골 학교 교사인 것에 대해서도 사명감이 크셔. 나한테도 교사가 되면 좋겠다고 하는데 난 적성이 아닌 것 같아." 언젠가 이인숙에게서 그런 얘기를 들은 적이 있었다. 허명애는 이인숙네 집안에 그런 큰일이 일어난 걸 까마득히 모르고 있었던 게 미안했다. 이인숙에게 무슨 말이라도 해야 하는데 다가갈 수가 없었다. 이인숙네 집안 형편이 몹시 어렵다는 소문도 들렸다. 아버지가 퇴직금으로 차린 문방구가 신통치 않아 먹고살기가 힘들다는 거였다. 시골 국민학교 앞의 코딱지만 한 문방구라서 애들 코 묻은 돈만 만진다고 했다. 시인의 꿈을 버리지 못한 채 작은 문방구에서 코 묻은 돈을 세는 이인숙의 아버지를 생각하니 허명애는 이인숙을 바라볼 수가 없었다. 이인숙은 통 말이 없었고 웃는 모습도 보기 어려웠다. 허명애는 교실에서 친구들과 웃고 떠들 때도 마음이 온전치 않았다. 뒤통수의 신경이 온통 이인숙을 의식했다. 옛날 연인이 두 눈

부릅뜨고 지켜보는 중에 새로운 연인과 즐기는 듯 모든 행동이 어색하고 불편했다. 뒤쪽에 앉은 이인숙이 앞에 앉은 허명애의 일거수일투족을 주시하고 있을 터였다.

겨울방학 날이었다. 아침에 이인숙의 짝이 허명애를 복도로 불렀다.

"이거 인숙이가 전해주래." 그 애가 파란 표지의 시집 한 권을 내밀었다. 시집을 받아 든 허명애는 자존심이 상하기도 하고 부끄럽기도 하고 울컥하기도 했다. 먼저 손 내밀 기회를 뺏겼으니 자존심이 상했고, 화해의 시집을 선물할 만큼 친구는 성장했는데 자신은 뭐 했나 싶어 부끄러웠다. 김춘수 시인이 편찬한 '나를 잊지 마셔요'라는 시집의 제목은 또 어떤가. 지난 일 년 동안 이인숙은 허명애가 자기를 잊은 줄 알고 매순간 지켜보며 앙앙불락했던 모양이다.

그해 겨울방학은 허명애와 이인숙의 밀월이었다. 둘은 가장 먼저 영화 「초연(初戀)」을 보러 갔다. 「초연」은 소설가 손소희의 원작을 영화화한 작품이었다. 미성년자 입장 불가여서 둘은 단발머리에 스카프를 뒤집어쓰고 입장했다. 신성일, 남정임이 출연했고 이순재의 데뷔작이었다는 것과 참담한 결말이었다는 것 외에는 내용이 잘 기억나지 않는다. 기억하는 건 영화에 삽입된 노래 「호반에서 만난 사람」이다. 노래만은 지금까지도 둘 다 애창하고 있다. 샹송 가수 최양숙이 불렀다.

(······)

처음 만난 그 순간 불타오른 사랑은

슬픔과 괴로움을 나에게 안겨줬네

사랑은 어느덧 가고 가슴에는 재만 남아

눈물도 메마른 허무한 추억

호숫가를 스치는 바람 소리 슬픈데

타버린 정열 뒤엔 고독만 흐느끼네

사람들은 노래 가사에 자기 스토리를 대입하여 감정 이입을 한다. 허명애와 이인숙도 첫사랑에 빠졌다 헤어진 연인들처럼 가슴에 재만 남은 시절이 있었기에 그 노래의 허무가 절절하게 다가왔으리라.

겨울방학 중 이인숙은 허명애네 집에 자주 왔다. 허명애네 집은 창덕궁 돌담 옆의 널찍한 한옥이었다. 국민학교 4학년 때 이사한 집이었다. 네 가구가 사는 건 먼젓번 집과 같았으나 환경의 수준 차는 비교할 수 없었다. 아침이면 창덕궁에서 조선의 향기를 머금은 듯한 바람이 불어오고 맑은 새소리가 들려왔다. 높고 묵직한 나무 대문을 밀고 들어설 때면, 대문이 없던 이전 집과 차신혜네 솟을대문이 동시에 떠올랐다. 허명애가 그 집에서 반한 건 변소였다. 그 집 대문과 마당 사이에는 미닫이 중문이 설치되어 있었고, 대문과 중문 사이에 변소가 자리했다. 변소가 살림채에서 떨어져 독립되어 있는

것도 신통한데 그 모습이 너무 번듯하고 넓었다. 판자 문짝이
만날 덜렁거려 한 손으로 잡고 볼일을 봐야 했던 먼젓번 집의
변소와 비교하면 대궐 수준이었다. 네모반듯한 마당은 시멘
트를 발라서 깨끗했다. 애들은 저녁마다 마당에 나와 줄넘기
를 했다. 그 집에는 방마다 문 앞에 툇마루가 놓여 있었다. 좁
은 마루지만 역할이 무궁무진했다. 그 집 사람들은 거기 앉아
신문도 읽고 물 말아 밥도 먹고 채소도 다듬고 라디오 연속극
도 들었다. 손님이 오면 거기에 엉덩이를 걸치게 했다. 가정
방문 온 선생님들도 툇마루에 앉아 미숫가루 한 잔을 얻어 마
신 뒤 방을 들여다보고 갔다. 안채의 주인집에는 마음씨 넉넉
한 할머니와 노총각 아들이 살았다. 노총각 아저씨는 허명애
에게 특별히 친절했다. 허명애네 영어 선생님과 대학 동창이
었다. 아저씨는 마주칠 때마다 영어 선생님이 시집갔는지를
물었다. 아직 안 갔다고 하면 고개를 젖히고 세상을 다 가진
웃음을 웃었다. 사글세 사는 세 가구 모두에 중고생 자식들이
있어 시험 기간에는 늦은 밤까지 방마다 경쟁적으로 불이 켜
졌다. 그런 때 안채에서는 주인집 할머니와 세 집의 엄마들이
밤늦도록 화투판을 벌여 자식들보다 더 치열한 경쟁을 했다.
찐 고구마를 애들에게 야식으로 내주고 안채에 모이는 거였
다. 더러 아버지들도 합세했다. 허명애 아버지도 마누라 잔소
리에 더러 안채에 따라갔다. 화투는 엄마들이 하고 소리 지르
며 훈수 두는 건 아버지들 몫이었다. 허명애와 허명진과 허명

욱은 두레 밥상을 펴놓고 공부하며 늦은 밤 아버지의 웃음소리를 듣곤 했다. 귀하디귀한 아버지의 웃음소리를 화투판에서야 들었다.

이인숙이 허명애네 집에 찾아와도 여고생 둘이 들어가 설레는 마음을 알록달록하게 칠할 수 있는 방이 없었다. 그런데도 이인숙은 버스를 타고 허명애의 집에 자주 왔다. 둘은 툇마루에 엉덩이를 걸치고 겨울 볕을 쬐거나 학교 도서관에 가거나 창덕궁에 갔다. '……타버린 정열 뒤엔 고독만 흐느끼네'를 부르며. 허명애네 식구들은 이인숙이 수줍은 듯하면서도 총명해 보인다고 다들 좋아했다. 이인숙은 집안의 큰일을 겪어서인지 장녀라서 그런지 허명애보다 성숙했다. 웃음을 잃은 대신 깊어지고 단단해졌다. 잘 웃고 잘 삐치던 소녀 시대는 졸업한 것처럼 보였다. 그 겨울방학 동안 허명애와 이인숙은 평생 되새김할 수 있는 그리움과 애틋함과 설렘을 가슴속 곳곳에 두텁게 쌓았다. 신은 심술궂지 않았다. 허명애와 이인숙에게는 결국 배려의 신, 은혜의 신이었다.

이인숙은 어렵사리 대학에 진학했다. 아버지가 코 묻은 돈을 모아 입학금을 주었다. 허명애는 그해에 진학하지 못했다. 학교에 가면 마땅히 진학해야 했고 집에 가면 마땅히 취업해야 했다. 아버지가 명랑 중독이 되도록 한의원에는 환자가 드물었다. 허명애는 양쪽 길을 놓고 방황하느라 입시 공부에 전념하지 못했다. 허명애는 대학 입시에 낙방했다. 합격했다 해도 둘째 언니 허명선처럼 입학은 하지 못했으리라.

　이인숙의 자립심이 드러난 건 대학에 입학하면서부터였다. 강한 자립심이 타고난 성품이었는지, 빈한한 집안의 맏이라서 그리되었는지, 스물한 살에 만난 가난한 고시생 때문에 그리되었는지 알 수는 없었다. 이인숙은 큰일이 닥쳐도 누구와 의논하지 않았고 누구의 도움도 받지 않았다. 허명애는 이인숙이 중대사를 놓고 갈등할 때 그녀에게 그런 일이 있다는 사실을 알지도 못할 때가 허다했다. 결혼 후에도, 나이가 들어서도 마찬가지였다. 살던 집을 팔고 새집을 사서 이사를 한 뒤에야 허명애는 이인숙이 소리 없이 큰일을 했다는 걸 알게 되었다. 허명애라면 집을 팔려고 내놓을 때부터 언니들에게나 이인숙에게 징징거리며 걱정을 늘어놓았을 거다. 사람은 좀처럼 변하지 않으니 늙은 지금도 이인숙은 그 성격을 유지하고 있다. 그런 그녀가 서운하기도 하지만 제 형제들한테도, 자식들한테도 그러하니 어쩌랴.

　이인숙은 매사에 호기심도 많다. 중학교 때부터 그랬다. 주택가 골목길을 걷다가도 근사한 저택이 있으면 반드시 문패를 들여다봤다. 중학생이 그 집의 주인을 어찌 알랴만 그냥 지나치지 못했다. 버스를 타고 가다가도 차창 밖에 근사한 자동차가 달리면 그걸 바라보느라 내릴 정류장을 지나쳤다. 대학 때 허명애와 이인숙이 배낭여행을 갔다. 여행지에 도착하여 허명애가 화장실에 다녀온 사이, 이인숙은 그곳의 면적,

역사, 인구, 지명의 유래, 특산물, 오일장 서는 날, 볼거리, 먹거리 같은 걸 순식간에 취재해서 허명애에게 좌르르 읊었다. 그녀는 신문방송학을 전공했고 순발력도 있고 호기심도 못 말리게 많으니 기자가 되었으면 실력 발휘했을 텐데 졸업 후 바로 결혼했다.

허명애는 이인숙 인생의 성 밖에서만 머물렀지만 허명애의 인생에는 중요한 고비마다 이인숙이 들어왔다. 이인숙은 제 인생에는 아무도 들어오지 못하도록 철통같이 방어를 하면서 허명애의 삶에는 고비마다 깊숙이 간여했다. 물론 허명애가 문을 활짝 열고 이인숙을 불러들였다. 좀체 마음을 못 접는 남자 친구와 헤어질 때 이인숙이 나가서 일거에 해결해줬고, 허명애가 대학을 졸업했을 때 시골 사립학교에 다리를 놓아준 것도 그녀였다. 남편과의 결혼을 망설일 때 그만큼 심지 깊고 올곧은 남자 드물다고 남편을 적극 지지한 것도 이인숙이었다.

이십대에는 이인숙이 연애하고 아르바이트하느라, 삼사십대에는 그녀가 남편 따라 외국으로 돌아다니느라 허명애와 이인숙은 젊은 날 자주 만나지 못했다. 결혼과 육아로 삶이 통째로 흔들린 시기에 그저 그리움으로 살아야 했다. 두 사람은 고등학교 일학년 겨울방학에 쌓아놓은 그리움과 애틋함을 곶감 빼먹듯 조금씩 빼먹으며 견뎠다.

이인숙은 남편의 든든한 고위 공무원 연금으로 노후 걱정이 없다. 이인숙의 한 가지 걱정은 두 번이나 수술한 호흡기 지병이었는데 요즈음 많이 호전되었다고 기뻐했다.

　"의사를 바꾼 거야?" 허명애가 물었다. 이인숙은 대학병원 담당 의사에게 신뢰가 없었다. "얼굴에 병세가 다 쓰여 있는데 환자 얼굴은 쳐다보지도 않고 컴퓨터를 들여다보며, 좀 어떠세요? 하고 묻는 의사에게 뭘 기대하겠니." 이인숙은 병원에만 다녀오면 불만을 터트렸다.

　"그게 아니고, 팬클럽 덕분이지." 이인숙이 클클 웃었다.

　"그 무슨 인과관곈데?"

　"아침부터 파안대소할 일이 좀 많니? 팬카페에 올라온 여든 넘은 할머니들의 기상천외한 댓글을 보면 자지러져 뒤로 넘어간다니까. 여든 넘은 할머니들이 젊은 남자 가수의 팬덤이 되는 세상이 올 줄 어찌 알았겠냐. 이쪽 세상도 완전히 요지경 속이야. 근데 이 세상을 들여다보고 사는 게 정말 즐겁고 재밌어. 즐거우니 병도 낫나 봐."

　요즘 팬클럽 활동은 칠팔십 노인들이 한다고 한다. 시간 많고 경제적으로 여유 있으니 그렇기도 하겠다. 카페에 가입만 하는 게 아니고 가수를 위해 종일 일개미처럼 일을 해야 하기에 하루가 짧단다. 댓글 달아야 하고 조회수 올려줘야 하고 음원도 사야 하고 콘서트도 가야 하고 책도 사줘야 하고. 그러니 오지 않는 자식들 기다리느라 속태울 시간이 없단다.

처음에는 친구의 팬클럽 활동을 탐탁지 않게 여기던 허명애도 팬클럽 활동에 순기능이 있다는 걸 어느 정도 인정하지 않을 수 없었다. 나를 알지도 못하는 누군가를 위해 적극적으로 마음과 시간과 돈을 써서 응원하고 그가 성공하기를 기원하는 마음으로 하루하루를 산다는 것도 보람 있는 일이겠다 싶었다. 남에게 도움받는 건 질색하고 남을 도와주는 일에는 적극적인 이인숙의 성격에 딱 맞는 일이기도 했다. 다만 무엇을 위해 그 일을 하는지를 늘 염두에 두었으면 좋겠다.

이인숙은 건강이 좋아진 정도가 아니다. 소녀 때의 웃음을 찾았다. 요즘 이인숙에게서 중학교 2학년 3반 34번의 모습을 본다. 사람은 숱한 시간의 횡포에 시달리며 엉뚱한 길을 가는 것 같아도 결국 어린 시절에서 그리 멀리 달아나지는 못하는가 보다. 삶은 유년기에다 여러 가지 양념을 친 것이라는 사르트르의 말이 틀리지 않는다. 처음에는 고아 같은 그 가수가 애처로워서 응원해주려고 어미, 할미 마음으로 팬이 되었는데 어느덧 흔들리는 여심이 되었다고, 팬카페에 할머니들의 농 섞인 글이 올라온단다. 무엇에도 시들하던, 죽은 나무토막 같던 가슴을 연애도 할 수 있는 뜨거운 마음으로 돌려놨으니 이런 보너스가 어디 있냐고 한다나. "전혀 아니라고는 나도 말 못하지." 이인숙이 흐흐 웃는다.

허명애는 이인숙에게 한 가지 제안을 하고 싶다. 그 가수는 이제 충분히 성공했으니 응원해줄 한 명이 절실히 필요한 다른 가수의 팬이 되어 주면 어떨까. 씨도 안 먹힐 얘기라는 건 안다. 그동안 날마다 물 주고 가꾼 장미를 포기한다는 게 어디 쉬운가. 어찌 됐든 함께 늙어가는 친구가 웃고 사니 좋다. 흔들리는 여심이 되었다면 그 또한 축하할 일이다. 경제 형편은 좀 나아졌지만 행복지수가 형편없이 낮은 우리나라 노년들 아닌가.

이인숙의 휴대폰 컬러링은 항상 그 가수의 노래다. 어느 때는 오페라 아리아, 어느 때는 성가, 어느 때는 트로트. 인숙아, 때로는 최양숙의 「호반에서 만난 사람」을 컬러링으로 해 놓으면 안 되겠니? 허명애는 작은 바람을 친구에게 날린다.

사월의
노래

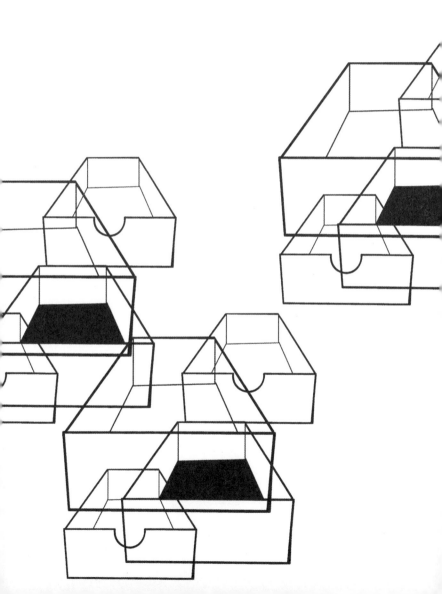

종로구에 있던 학교들이 하나둘 강남으로 옮겨갔다. 허명애의 모교도 이사했다. 그곳에 헌법재판소가 들어왔다. 허명애네 학교 졸업생들은 모교 자리에 헌법재판소가 온 것을 반겼다. 백송의 기개와 가장 잘 어울리는 주인이라고 생각했다. 헌법재판소 건물 뒤편 언덕에는 천연기념물 제8호인 백송이 서 있다. V자 모양을 하고 있어 멀리서 보면 두 그루처럼 보이는 나무다. 백송 뒤로는 연암 박지원이 관직에서 물러난 뒤 살았고 그의 손자 박규수가 살았던 집터가 있다. 이제 졸업생들이 옛 학교 터에서 만날 수 있는 건 백송과 박규수 집터의 푯말뿐이다.

　박규수는 조선 말기 개화파들의 스승이었다. 박규수의 사랑방에는 매일 밤 박영효, 서재필, 홍영식, 김옥균 같은 젊은 개화 사상가들이 모여들었다고 한다. 언덕 위에 우뚝 선 백송은 박규수의 사랑방과 그곳에 드나드는 젊은 개화 사상가들의 열띤 발걸음을 다 내려다봤을 것이다. 갑신년에 그들 개화 사상가들이 일으킨 정변은 사흘 만에 막을 내렸다. 홍영식과 김옥균 등은 살해당했고 일부는 망명했다. 수령을 600년으로 추정하는 백송은 박규수의 사랑방뿐 아니라 조선의 흥망성쇠를 다 지켜봤을 거다. 나무의 정확한 수령은 죽은 뒤 나이테를 봐야 안다. 국내 최고령 백송으로 알려져 600년은 족히 넘었으리라 믿었던 '서울 통의동 백송'이 사후에 나이테를 보니 300살 정도밖에 되지 않더란다. 나무가 제 나이를 속이기라도 한 듯 사람들이 그 나무의 나이에 실망했다고 한다. 나무에 터무니없는 나이를 매긴 건 사람들인데. 나무가 600년의 삶을 살아 신령스럽기를 바란 건 사람들인데…… 허명애네 학교 학생들은 영욕의 역사를 지켜보며 600년을 꿋꿋이 살아온 백송에게 경외심을 가지고 있었고 추억도 백송 아래에서 쌓았다. 소녀들은 방과 후의 약속도 백송 아래에서 했고 화해도 백송 아래에서 했다.

그런 백송을 제치고 허명애가 교무실 앞 화단의 자목련 나무를 바라보기 시작한 건 중학교 2학년 봄날이었다. 만개했던 자색 목련 꽃잎이 어쩌다 한 장씩 떨어질 무렵이었다. 2학년이 되도록 허명애는 화단에 그런 나무가 있는 줄을 몰랐다.

전체 조회 때나 체육 시간에 운동장에서 많은 시간을 보냈고, 하교할 때도 교무실 앞 화단을 지나 교문으로 갔다. 그런데도 자목련꽃이 핀 나무를 보지 못했다. 여기저기 볼 것과 웃을 것이 넘치는 열다섯 살 소녀의 눈에 화단 속의 나무 따위가 눈에 들어올 리 없었을지 모른다. 어쩌면 허명애도 다른 아이들처럼 학교의 자랑인 백송만 쳐다봤는지도.

허명애가 점심을 먹고 혼자 운동장에 나갔다. 화장실도 꼭 함께 가던 단짝 이인숙을 어쩌고 혼자 나갔는지 모르겠다. 교감 선생님이 교무실 앞 화단에서 등을 구부리고 무얼 줍고 있었다. 뭘 주우시나, 궁금해서 가까이 가보았다. 교감 선생님이 주운 건 땅에 떨어진 꽃잎이었다. 끝부분에 살짝 흰빛이 도는 크고 넓적한 자색 목련 꽃잎이었다. 무슨 사고로 방금 떨어진 듯 꽃잎이 싱싱했다. 전혀 시들지 않았다. 교감 선생님은 꽃잎의 흙을 살살 털며 안타깝고 아까워 어쩔 줄을 몰라했다. "이런! 이렇게 청춘인데 어쩌자고 져버렸누. 좀 더 살아 있지 않고. 에고에고 아까워서 어쩌나……" 교감 선생님은 계속 혼잣말을 하며 꽃잎을 쓰다듬었다. 허명애가 몰래 지켜보고 있는 걸 교감 선생님은 알지 못했다. 교감 선생님은 꽃잎을 두 손에 고이고이 모셔 들고 교무실로 들어갔다.

허명애는 비로소 그 나무를 쳐다봤다. 알맞게 크고 수형이 아름다운 자목련 나무였다. 백목련은 많이 봤지만 자목련은 처음이었다. 만개한 꽃도 있고 반쯤 벌어진 꽃도 있고 아직 입을 꼭 다문 희망의 꽃송이도 있었다. 가장 매혹적인 건 살포시 입을 벌린 꽃이었다. 그날 이후 운동장에 나가면 화단의 자목련이 먼저 눈에 들어왔다. 활짝 피었던 꽃잎이 하나씩 떨어질 때면 허명애도 교감 선생님처럼 에구 어쩌나, 하는 안타까운 마음이 들었다. 그 꽃은 그런 대접을 받아야 마땅할 것 같았다. 비록 지고 난 뒤의 모습이 깨끗하지 않지만 피어 있을 때의 자태며 빛깔이 고귀하고 단아해서 져버린 꽃잎도 실컷 아까워해야 될 듯했다.

자목련 못지않게 허명애에게 새로운 인상으로 다가온 건 교감 선생님이었다. 전에는 다만 나이 든 교감 선생님이었을 뿐이던 그분이 새롭게 보였다. 키는 자그마하지만 어깨가 넓고 다부진 체구에 입은 양복도 멋졌다. 감청색 바탕에 검은 줄무늬가 있는 더블 버튼 양복이었다. 양복 입은 태가 젊었을 때의 아버지보다는 못해도 나름 괜찮다고 허명애는 생각했다. 나이가 지긋이 든 얼굴도 자애로워 보였다. 무엇보다 장희성을 생각나게 하는 검은 뿔테 안경을 썼다. 게다가 떨어진 자목련 꽃잎 한 장에도 연연해하고 아파하는 분이었다. 허명애는 자목련만큼 교감 선생님을 좋아하게 되었다. 복도에서 마주치면 그분은 자기를 알 리 없겠지만 허명애는 그분을 친밀하게 느꼈다.

허명애는 교감 선생님이 자목련 꽃잎 줍던 얘기를 이인숙에게 들려주었다. 이인숙이 "교감 선생님에게 그런 멋이 있어? 국어 선생님보다 멋지네" 했다. 허명애네 국어 선생님은 총각인데다 잘생기기까지 한 시인이어서 가슴앓이하는 소녀들이 많았다. 그해 4월 초에 기상이변으로 많은 눈이 내렸다. 4교시 수업 중에 눈이 펑펑 쏟아지자 학생들은 "함박눈이다!" 환호성을 질렀다. 4교시 수업이 끝나자 학생들과 젊은 선생님들이 눈을 맞으러 두 팔을 벌리고 운동장으로 뛰어나갔다. 그때 하얀 눈 속으로 검은 우산을 탁 펼쳐 들고 누군가 들어섰다. 국어 선생님이었다. 이인숙이 깜짝 놀라며 허명애에게 물었다.

"저 선생님, 시인 맞아? 우리 아버지라면 눈사람이 되도록 눈을 맞았을 텐데."

"그러게. 실망이다. 눈 오는 날 우산 쓴 시인이라니! 멋없어." 허명애와 이인숙은 쏟아지는 봄눈 속으로 구르듯 달려나갔다.

자목련이 다 지기 전, 음악 시간에 가곡 「4월의 노래」를 배웠다. 박목월 시 김순애 곡이다.

목련꽃 그늘 아래서 베르테르의 편질 읽노라
구름꽃 피는 언덕에서 휘파람 부노라
아 멀리 떠나와 이름 없는 항구에서 배를 타노라
돌아온 사월은 생명의 등불을 밝혀 든다
빛나는 꿈의 계절아 눈물 어린 무지개 계절아

이 노래가 음악실에 울려 퍼질 때 허명애 가슴속에 자목련 꽃송이들이 꿈송이처럼 하나하나 피어났다. 다른 아이들은 하얀 목련을 떠올리며 이 노래를 불렀겠지만 허명애는 고아한 아름다움을 지닌 자목련과 그 꽃을 아끼는 교감 선생님을 생각하며 불렀다. 「4월의 노래」를 배우고 나서 괴테의 『젊은 베르테르의 슬픔』을 읽었다. 허명애의 눈을 번쩍 뜨이게 한 건 책의 내용보다도 서간체의 문장이었다. 편지 쓰기 좋아하는 허명애는 나중에 『젊은 베르테르의 슬픔』 같은 서간체의 소설을 써보고 싶었다.

3학년 1학기 중간고사가 코앞에 다가왔다. 허명애는 학기 초에 이인숙과 다투고 남이 되어 있었다. 이인숙과 남이 된 채 치르는 첫 시험이라 공부에 집중이 안 됐다. 자꾸 이인숙만 머릿속에 떠올랐다. 2학년 때는 둘이 함께 도서관에서 시험공부를 했다. 도서관에 불이 꺼질 때까지 남아 이인숙이 오려나 하고 기다렸지만 그 애는 오지 않았다.

시험을 하루 앞둔 날이었다. 3교시를 시작하려는데 교감 선생님이 교실에 들어왔다. 교감 선생님은 쪽지를 들여다보며 급히 몇몇 아이들의 이름을 불렀다. 거기 허명애 이름도 있었다. 무슨 일인지 몰랐으나 교감 선생님이 하는 일이니 나쁜 일은 아닐 거라고 믿었다. 호명한 학생들은 자리에서 일어나라고 했다. 주저주저하며 아이들이 일어났다. 반 아이들의 반짝이는 눈이 일어난 애들에게 꽂혔다.

"너희들은 지금 당장 가방 싸서 집으로 간다! 그리고 내일 아침까지 등록금을 내지 않으면 중간고사를 치를 수 없으니 그리 알고 내일까지 꼭 등록금을 내도록 해라!" 교감이 말했다. 지금 당장 가방 싸서 집으로 가라고 말하는 교감은 키 작은 뚱보에 줄무늬 더블 버튼 양복은 상스러웠고 안경은 작아서 안 어울렸으며 얼굴은 저열해 보였다. 그의 목소리는 너무도 야멸차서 오싹할 지경이었다. 그는 같은 말을 다시 한번 반복한 뒤 교실에서 나갔다. 자목련은 헌 걸레짝처럼 져버린 지 오래였다.

이튿날 허명애는 등교하지 못했다. 아버지가 참담해하며 한의원으로 출근했다. 왜 진작 얘기하지 않았느냐고, 어떻게 든 내일은 시험을 치게 해주겠노라고 했다. 허명애가 중간고사 첫날 시험을 못 치른 것보다 더 분하고 참을 수 없었던 건 교감의 태도였다. 아이들을 한 명씩 불러서 조용히 얘기했어야 하는 게 아닌가. 시험을 볼모로 아이들을 억박지르는 게 교감이 할 일인가 싶었다. 반 아이들 다 듣는 교실에서 등록금 못 낸 아이들을 협박한 교감을 도무지 용서할 수 없었다. 땅에 떨어진 자목련 꽃잎을 모셔 들고 에고 데고, 하면서 장례라도 치러줄 기세이던 그는 누구이고 자목련 꽃잎보다 더 여린 소녀들의 자존심을 생각 없이 짓밟은 그는 누구인가. 학기 초여서 반 아이들은 특별히 부유한 집 애들 몇몇을 제외하고는 서로의 집안 형편을 잘 몰랐는데 허명애는 그 일로 한 방에 찍혀버렸다. '등록금 못 내서 시험도 못 본 가난뱅이!' 「사월의 노래」를 부르며 『젊은 베르테르의 슬픔』을 읽던 허명애의 '빛나는 꿈의 계절'에 교감은 단숨에 먹물을 흩뿌렸다.

시험을 못 치르고 집에 있던 날 허명애는 교감에 대한 실망과 분노로 공부가 잘 안 되었다. 이인숙에게도 화가 났다. 누군가에게서 소식을 들었을 텐데 집에 가는 길에 들러주지 않은 그 애가 괘씸했다. 아무리 다투었다 하더라도 이인숙이 그런 일을 당했다면 자기는 바로 찾아가서 함께 교감을 성토했으리라. 나중에 이인숙에게 들을 바로는 그 사실을 전혀 몰랐단다. "알았더라도 집에 찾아가지는 않았을 거야. 등록금을 들고 가지 않는 한 무슨 도움이 되었겠어." 이인숙은 그랬을지 모르지만 허명애는 그렇지 않았다. 그때 등록금보다 더 절실했던 건 이인숙과 함께하는, 교감에 대한 성토였다.

허명애는 훗날 지방의 중학교 교사가 되었다. 가르치는 일보다 더 힘든 게 등록금 독촉이었다. 시골 아이들의 집안 형편을 뻔히 아는 담임이 등록금을 독촉하기란 여간 어려운 일이 아니었다. 그렇다 보니 그 일은 자연히 교감 차지가 되었다. 교감은 아이들과 직접적인 교감이 없으니 등록금 독촉하기가 담임보다는 덜 껄끄러웠다. 허명애는 자신의 중학교 때 교감도 담임들 대신 악역을 맡았다는 걸 알게 되었다. 그렇다고 먹물 문신처럼 기억 속에 새겨진 상처가 지워지는 건 아니었다. 학교 측에서 교감에게 악역을 맡겼어도 방법까지 맡긴 건 아니었을 테니 방법은 그의 선택이었다.

세월이 십 년이나 지났건만 교육 환경은 그때나 이제나 바뀌지 않았다. 교감은 아이들을 한꺼번에 교무실에 불러다 세워놓고는 교사들이 다 보고 듣는 데서 언제까지 낼 거냐고 큰소리로 등록금 독촉을 했다. 교감으로서는 아이들을 따로따로 불러 얘기할 시간도 없고 그럴 필요도 못 느꼈을 거다. 교실에서 큰소리로 협박한 것보다는 교무실로 부른 게 그나마 나았다고 할까. 신입 교사 허명애는 아이들을 보지 않으려고 책상 위에다 머리를 처박았다. 허명애가 한 일은 고작 그거였다. 그때 교무실에 불려온 학생들 중에도 그 일이 평생 안 잊히는 기억이 된 아이가 있으리라. 허명애도 중학교 때의 교감과 결국 같은 사람이었다. 목련은 목련이고 업무는 업무였던 교감처럼, 허명애도 내 상처는 내 것이고 남의 상처는 남의 것이었던 거다.

나성에
가면

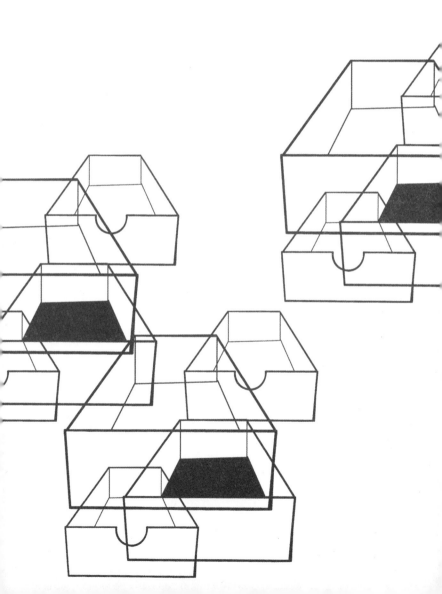

그해 3월, 허명애와 김성아는 같은 출판사에 입사했다. 둘 다 신학기에 휴학계를 낸 상태였다. 허명애는 가정과에서 국문과로 전과하기 위해 휴학했고, 김성아는 가정과에서 불문과로 전과하기 위해 휴학했다. 그런 사유로 만난 두 사람이었으니 편집부 직원 삼십 명 중에서 한눈에 서로를 알아봤다. 그야말로 '그중에 그대를 만나'게 된 거다.

당시 허명애 주머니에 있는 건 버스표뿐이었다. 서해 바다 소금보다 짜다는 출판사 월급을 쪼개어 집에 내놓는 흉내를 내고 나머지는 등록금을 위해 저축해야 했으니 그러했다. 아들 둘 사이에 끼인 허명애는 일반대학은 꿈도 꿀 수 없어 일년 쉬고 야간대학에 입학했는데 또 휴학하게 된 거였다. 오빠 허명진이 제대하고 복학했고 동생 허명욱도 이 년 뒤에 대학에 입학할 예정이었다. 허명진의 등록금은 셋째 언니 허명실이 보조해줬고 허명욱의 입학금은 작은아버지가 내주기로 했다. 그새 허명애의 언니 둘이 결혼하여 입은 줄었지만 아버지의 입에 들어가는 '명랑'은 줄지 않았다. 허찬수의 머리는 여전히 터져버릴 듯 아팠다. 허명애는 야간대학이나마 휴학하고 나니 온몸에 통증을 느낄 만큼 우울했다. 어깨가 천근 무게였고 눈꺼풀이 내려앉았다. 그런 허명애의 시간이 김성아를 만나자 돌연 잘 닦아놓은 크리스털처럼 반짝거리기 시작했다. 김성아는 허명애의 지음(知音)이었다.

김성아는 빈 지갑으로도 시간을 누리고 빛내는 법을 알았다. 김성아와 허명애는 출판사가 있는 안국동에서 인사동, 광화문 뒷골목으로, 때로는 삼청동 숲속을 싸다니며 소리 내어 시를 읊었다. 공원 벤치도 두 사람의 시를 위해 자주 빈 자리를 내줬다. 김성아가 시를 좋아했다. 허명애는 김성아를 만나기 전에는 시를 거의 읽지 않았다. 주로 소설을 읽었다. 김성아와 허명애는 듀엣으로 노래하듯 시를 읊었다. 둘이 한목소리로 시를 읊기도 하고 화음 넣듯 한 행씩 번갈아 읊기도 하고 연을 나눠 읽기도 했다. 시를 읊는 시간에는 두 사람에게서 궁핍이 저만큼 비켜섰다. 한 행 한 행 시를 읊조리는 동안 허명애와 김성아는 세계를 다 품을 듯 가슴이 부풀어 오르고 어깨가 넓어지고 뭔가에 대처할 탄탄한 마음 근육이 생긴다고 느꼈다. 불문과로 전과하려는 김성아는 프랑스 시인들을 좋아했고 그들의 시를 서툴게 번역도 했다. 김성아가 아니었으면 허명애가 랭보나 보들레르의 시를 읽는 일은 없었을지 모른다. 허명애는 그들의 시에 공감하거나 감동하지는 않았다. 허명애는 윤동주의 「자화상」과 강은교의 「사랑법」을, 김성아는 조지훈의 「낙화」를 즐겨 읊었다.

촛불을 꺼야 하리 / 꽃이 지는데 / 꽃 지는 그림자 / 뜰에 어리어 / 하이얀 미닫이가 / 우련 붉어라 / 묻혀서 사는 이의 / 고운 마음을 / 아는 이 있을까 / 저어하노니 / 꽃이 지는 아침은 / 울고 싶어라

"조지훈은 천재 아냐? 어떻게 이런 시를 쓸 수 있지? 삶의 무상함과 적막감을 어찌 이렇게 아름답게 썼냐고. '우련'이라는 낱말은 또 어떻게 찾았지?" 경탄하는 김성아의 얼굴이 우련 붉었다.

그에 질세라 허명애도 말했다. "강은교는 어떻고? 떠나고 싶은 자 / 떠나게 하고 / 잠들고 싶은 자 / 잠들게 하고 / 그리고도 남는 시간은 / 침묵할 것…… 그게 사랑법이라잖아. 그보다 더 자유로운 사랑법을 얘기한 시인이 있니?"

둘은 글을 읽다 특별히 마음에 박히는 낱말을 발견하면 메모지에 적어 서로 한 장씩 나눠 가졌다. 김성아는 낱말에 집

착했고 좋은 낱말을 만났을 때는 흥분하여 부르르 떨기까지 했다. 주로 시어에 그랬다. 책상 서랍 속에 허명애와 김성아의 단어가 하나둘 늘어갔다. 순식간에 단어 풍년이 들었다. 추락한 자존감을 다시는 회복하지 못할 것 같을 때면 허명애는 서랍을 열고 단어들을 하나하나 들춰보며 그 단어를 만났던 날의 황홀을 떠올렸다. 그러면 놀랍게도 내면에 다시 빛이 차올랐다. 아름다운 단어들을 모아둔 비밀스러운 서랍을 지닌 자신이 자랑스러웠다. 낱말들을 차곡차곡 모으며 그걸로 무얼 하게 될지 전혀 알지 못했으나 '나는 남들과 달라' 하는 자긍심이 팽팽하게 솟구쳤다. 그때 두 사람이 주고받은 많은 단어 중에 강천(江天)과 몌별(袂別), 우련과 예리성(曳履聲)을 허명애는 특별히 기억했다.

둘이 뚝섬에 가서 한강 너머를 바라보고 앉았는데 강 건너편의 하늘이 갈 수 없는 나라의 하늘처럼 멀리 아득하게 푸르렀다.

"강 너머 저 하늘을 뭐라고 할까?" 김성아가 물었다.

"음, 강천, 아닐까? 강 위의 하늘이니까."

다음 날 김성아가 메모지 한 장을 허명애의 손에 쥐여줬다. 펴보니 '강천 : 멀리 보이는 강 위의 하늘'이라고 적혀 있었다.

"사전 찾아보니 강천이 맞더라. 세상에! 너, 천잰가 봐." 김성아가 호들갑을 떨었다. "야, 너한테 천재 아닌 사람이 누구니?" 허명애는 김성아의 팔을 툭 쳤다.

토요일 오후, 삼청동 숲에서 김성아가 작자 미상의 시조 한 편을 내밀었다.

"여기 천재 하나 또 대령이오!"

설월(雪月)이 만정(滿庭)한데 바람아 부지 마라
예리성(曳履聲) 아닌 줄을 판연히 알건마는
그립고 아쉬운 적이면 행여 그인가 하노라

"바람에 눈이 날리면 혹여 님의 신발 끄는 소리인 줄 알까 봐 바람아 부지 마라, 하는구나. 방 안에 앉아 오지 않을 임을 기다리는 여인의 모습까지, 구구절절 쓰지 않았어도 확 다가오지 않니? 게다가 예리성이라니. 어떻게 이런 낱말을 찾아다 썼지? 신발 끄는 소리라고 했으면 얼마나 멋없었을까." 시조 적은 종이를 가슴에 꼭 품은 김성아의 얼굴이 우련 붉었다. 좋은 사람을 품은 듯했다.

김성아는 열에 들떠 시를 얘기하다가도 "나, 가야 돼" 하며 황황히 자리를 떠날 때가 있었다. 출판사 퀴퀴한 복도에 은밀히 기어 다니는, 김성아와 남자 직원들 간의 소문이 사실일 수도, 아닐 수도 있었으나 허명애는 묻지 않았다. 미국 영화배우 페이 더너웨이 같은 그녀의 미모에 누군들 반하지 않겠는가. 게다가 S대 간판까지 갖고 있지 않은가. 김성아는 비밀이 많은 사람이었다. 그녀는 자신의 가족관계도 속 시원히 말하지 않았다. 어쩌면 화초를 키우듯 일부러 공들여 비밀을 키우는 것 같기도 했다. 비밀의 잎이 커지고 드디어 화려한 꽃이 피기를 기다리며. 허명애는 김성아의 비밀을 알려 하지 않았다. 남의 비밀을 간직한다는 건 대나무 숲이 되어야 하는 일이었다. 게다가 허명애는 비밀의 힘을 알고 있었다. 비밀이 때로 자신을 무장하고 지탱할 수 있는 힘 또는 긍지가 된다는 걸. 비밀이 클수록 그 힘이 더 강해진다는 것도. 허명애에게도 비밀이 있다. 서울로 전학하여 사창가 부근에 잠시 살았다는 것. 아무도 몰라야 비밀이라면 그건 이미 비밀이 아니지만, 국민학교 4학년 이후에 만난 사람들은 그 사실을 모른다. 절친 이인숙도 모르고 있다. 그걸 몰랐다고 그녀가 서운해하지는 않으리라. 그건 허명애만의 비밀이 아니다. 둘째 언니 허명선과 오빠 허명진의 비밀이기도 하다. 그 거리를 아슬아슬하게 비켜 살아야 했던 시간을 공유한 허명선과 허명진과 허명애, 그리고 아버지 허찬수는 그래서 각별한 관계였다.

허명애네는 몇 해 전에 이사했다. 창덕궁 옆의 한옥을 떠나 미아리고개로 옮겼다. 사글세 집에서 '내 집'으로 가게 된 거였다. 허명애의 사촌 오빠 허명환의 보상금이 허찬수에게 지급되었다. 허명환은 허찬수의 형님 내외가 젊어서 세상을 떠난 뒤 허찬수가 거두어 키운 조카다. 허명환은 허찬수의 시골 집에서 국민학교와 중고등학교를 다닌 뒤 허찬수 가족과 함께 서울로 왔다. 체격이 건장한 그는 건재상에 약재를 사러 다니고 협도로 약을 썰고 한의원 청소도 하며 허찬수를 도왔다. 잠은 허명진과 함께 한의원 마룻바닥에서 잤다. 따뜻한 방에서 재우지 못하는 걸 마음 아파하는 허찬수에게 허명환은 말했다. "아니에요, 작은아버지. 제가 작은아버지께 큰 은혜를 입었어요. 제가 성공하면 가장 먼저 작은아버지 집을 사드릴 거예요." 얼마 뒤 허명환은 군에 입대했고 운전병으로 제대했다. 제대한 허명환은 건설회사의 운전기사 모집에 합격하여 월남으로 떠나게 되었다. 한창 전쟁 중인 나라로 떠나는 조카를 허찬수는 걱정스러운 눈빛으로 바라다봤다. 청색 양복을 입은 허명환은 김포공항에서 환하게 웃으며 손을 흔들었다. "잘 다녀올게요, 작은아버지. 너무 걱정하지 마세요. 저는 전투하러 가는 게 아니잖아요. 건강하게 계세요." 월남에 간 허명환은 엽서를 두 번 보냈다. 수신인은 고등학교 1학년인 허명애였다. 전쟁터지만 이국의 낯선 밤은 청춘을 설레게 한다고 허명환은 썼다. 그리워할 식구들이 있다는 건 참으로 눈물 나는 일이라는 걸 이곳에 와서 아프게 느낀다고도 썼다. 그런 허명환이 월남에 간 지 석 달 만에 주검으로 돌아왔다. 교통사고였다. 허명환의 보상금으로 허찬수는 집을 사기로 했다. "그 돈을 꼭 그리 써주기를 명환이가 바랄 것 같구나" 하고 자식들에게 말했다. 미아리고개 산꼭대기의 집이어서 휘몰아치는 바람도 모질고 오르내리기도 힘들었지만 '우리 집'이었다. 대문에 허찬수의 문패가 걸렸다. 그 집이 사촌의 목숨값으로 얻은 '우리 집'이라는 걸, 허명애네 형제는 외부인 누구에게도 발설하지 않았다. 전쟁 중인 남의 나라에서 죽은 조카를 깔고 누운 아버지의 비애를 누구에게도 말할 수 없었다. 그건 아버지의 자존심을 지켜드려야 하는 자식들의 비밀이었다. 그 집에는 큼직한 방이 세 개나 되었고 넓은 장독대와 화단도 있었다. 마침내 허찬수의 한의원도 돈암동으로 옮겼다. 허찬수의 한의원이 있던 동네의 사창가도 그해에 경찰에 의해 완전히 소탕되었다. 그 동네 사창가는 서울시 지도에서 사라졌지만 허명애의 기억 속 그 거리는 비밀의 지도에 남았다. 몇 해 뒤 서울시는 그 자리에 커다란 공원을 조성했다. 그곳에는 노인들이 모여들었고 그들에게 비밀스럽게 다가든 건 박카스 아줌마들이었다.

김성아는 여름이 끝나자 출판사를 퇴사했다. 그녀가 퇴사하니 온갖 요란한 빛깔의 소문도 슬그머니 사라졌다. 그녀는 새로 창간하는 잡지의 기자 시험에 합격했다. 김성아가 떠나자 책상 서랍 속에 들어갈 낱말이 더는 생기지 않았다. 낱말을 챙겨 넣고 싶은 마음도 없었다. 뭔가가 깨지고 부서진 장소에 홀로 남은 듯 육신이 아팠다. 어려서부터 누군가가 늘 떠났고 허명애는 남겨졌다. 남겨지는 역할이 허명애는 아프고 버거웠다.

이듬해 봄에 허명애는 복학했다. 국문과로 전과도 했다. 김성아는 복학하지 않았다. 기자 생활을 좀 더 해보겠다고 했다. 김성아와 허명애의 안국동 시절은 자연스레 저물었다. 허명애는 국문과에만 가면 인생에 새로운 한 획이 그어질 줄 기대했다. 실상은 허무했다. 가정과나 국문과나 다를 게 없었다. 수업은 텍스트를 읽는 수준이었고 글을 쓸 수 있는 기회는 없었다. 여기나 저기나 상고와 여상 출신 학생들이 과를 장악했다. 그들은 낮에는 번듯한 은행원이나 회사원이었고 저녁에는 주경야독이라는 명분을 안고 보무당당히 학교에 왔다. 은행에 취직하여 꿈을 이룬 상고 출신들에게 이 대학은 또 하나의 꿈이었으나 인문계 출신 학생들에게 이 대학은 버릴 수도 없는 콤플렉스 덩어리가 되었다. 인문계 출신들은 취업을 못해 실업자로 얼쩡거리다가 저녁에 학교에 왔다. 더러는 낮부터 도서관에서 진을 치고 고시 공부에 돌입했다. 인문계 학생들은 서로를 알아봤다. 결코 패배할 수 없는 패배자의 얼굴빛에, 고개 숙인 서로를. 인문계 애들은 그들끼리 모여 동아리도 만들고 야유회도 가고 연애도 했다.

3학년 초, 허명애에게 일어일문과 남학생 김이석이 다가왔다. 그는 한 학년 후배로 두 살 연하였다. 그는 눈이 항상 눈물에 젖어 있고 아랫입술에는 아이처럼 침이 묻어 있었다. 독서 동아리에 들어온 첫날, 김이석은 취업을 하지 못해 학교 도서관에 살림을 차렸다고 자신을 소개했다. 언젠가 비가 많이 오던 날이었다. 허명애는 출판사에 결근하고 낮에 학교 도서관에 갔다. 우산을 접고 도서관 건물 현관에 들어서니 어둑한 일층 복도 끝에 서 있던 누군가가 현관 쪽을 향해 총알처럼 뛰어오는 게 보였다. 복도가 어두워서 그가 누군지 알아볼 수 없었다. 총알처럼 뛰어온 건 김이석이었다. 뛰어온 그는 허명애의 품에 꽂히듯 안겼다.

"무슨 일?"

놀라서 묻는 허명애에게 김이석이 활짝 웃었다.

"왠지 선배가 올 것 같아 두 시간 전부터 복도에서 기다리고 있었거든요. 아, 눈물 나네."

그의 눈동자에 눈물이 가득 고였다. 동아리에서 그저 눈인사나 하던 후배였으니 허명애는 당황했다. 그 뒤로 김이석은 수업이 끝난 뒤 허명애네 동네까지 데려다주곤 했다. 김이석은 차비 걱정할 정도의 형편은 아닌 것 같았다. 그는 의상 디자인을 좋아하여 노트에 이따금 여성 옷을 그려 왔다.

"내가 돈 벌면 꼭 이런 옷을 선배한테 맞춰줄게요."

어느 날인가 김이석이 디자인한 흰색 블라우스와 먹색 미디스커트는 아닌 게 아니라 허명애 취향이었다. 무지의 소박하고 심플한 디자인이었다. 허명애의 큰언니 허명자가 그 옷을 만들어주었다. 값싼 원단이지만 디자인이 독특하고 허명자의 바느질 솜씨가 좋아 옷이 훌륭했다.

"와우! 아무래도 내가 전공을 잘못 선택한 것 같네." 김이석이 너스레를 떨었다.

　김성아도 한 남자를 만나고 있었다. 문학평론을 공부하는 영문과 대학원생 홍서훈이었다. 누군가 쌍방의 외모, 취향, 지향점까지 고려해서 만들어낸 커플인 양 둘의 조합은 완벽했다. 홍서훈은 빈농 출신이었는데 김성아만큼이나 외모가 근사했고 품격과 절제를 갖춘 남자였다. 김성아와 허명애와 홍서훈은 광화문에서 가끔 뭉쳤다. 홍서훈은 영문학을 전공한 사람이지만 프랑스 시인 아폴리네르를 좋아했다. 미라보 다리 아래 센강은 흐르고/우리의 사랑도 흐른다/마음속 깊이깊이 아로새길까/기쁨 앞엔 언제나 괴로움이 있음을. 셋은 그 시를 노래인 듯 합창했다. 김성아는 홍서훈과 별 갈등 없이 잘 지냈다. 김성아가 홍서훈과 오래 만나는 건 김성아의 자유분방한 영혼을 홍서훈이 깊이 이해하고 품어서 그런 거라고 허명애는 짐작했다.

　허명애는 김이석의 존재를 김성아에게 말하지 못했다. 그를 만나면 머릿속이 청결해지는 기쁨을 얻었지만 딱히 연애 감정이 아니었고, 김성아가 "어린애 데리고 장난하니?" 할 게 뻔했기 때문이다. 그녀는 연하남은 질색했다. 허명애 또한 연하남에게 호감을 갖는 스타일은 아니었다. 허명애는 달 뜨는 김이석을 보면 마음을 잡아챘다. 그와 함께 인생의 무언가를 계획할 수는 없을 것 같았다. 그럴 즈음 김이석이 타 대학으로 편입했다. 타 대학으로 간 김이석이 낮엔 출판사 앞으로, 밤엔 학교로 찾아왔다. 허명애는 낮에 보는 김이석의 얼굴이 생경했다. 그의 눈에 촉촉하던 눈물이 보이지 않았다. 밤에 만나는 김이석도 낯설었다. 항상 고개를 숙이고 다니던 수줍은 소년이 아니었다. 그의 목은 반듯하게 서 있었고 어깨도 활짝 펴져 있었다. 훤한 대낮에 넓은 캠퍼스의 학교에 다닌다는 게 그를 그렇게 변화시킨 모양이었다. 허명애는 그 행복과 자부심이 어떤 건지 알지 못했다. 허명애의 눈에 김이석이 낯설듯, 김이석의 눈에 비치는 허명애 또한 전에 보던 모습이 아니리라. "독서토론회에서 좌중을 휘어잡던 선배가 좋았어요" 하고 말하던 일 따위는 다 잊었으리라. 김이석의 눈에 허명애는 열악한 출판사와 야간대학을 오가는 한낱 깡마른 여자로 보일 터였다. 저녁부터 갑자기 비가 쏟아지던 날, 김이석이 우산을 들고 학교에 왔다. 허명애의 우산에 대한 아픔을 김이석은 알고 있었다. 허명애는 김이석을 향해 우산을 던졌다. "다시는 찾아오지 마! 정말 부담스럽다." 그날 당황해하며 돌아간 김이석은 두 번 다시 허명애 앞에 나타나지 않았다. 어쩌면 그는 연상의 허명애가 자신을 정리해주길 바랐는지도 모른다. 그 시절 허명애에게 김이석은 남자가 아니라 어떤 시간이었다. 김성아와 시를 읊고 다니던 때와 같이 절망을 저만큼 비켜서게 하는. 그렇지만 허명애도 김이석도 그들의 것이 될 수 없는 그 시간을 놓고 지나가야 했다.

김성아와 홍서훈의 연애는 몇 년째 계속되었다. 교사자격 증을 취득하여 졸업한 허명애는 지방에 교사로 내려가 있었다. 여름방학 중 어느 날 김성아가 행방불명되었다. 잡지사에서도 집에서도 그녀의 행방을 몰랐다. 실종신고를 했으나 경찰이 찾지 못했다. 김성아는 나흘 만에 집 앞 골목에서 발견되었다. 발견 당시 그녀는 옷매무새며 정신 상태가 정상이 아니었다. 그날 이후 계속 잠만 잔다고, 김성아 엄마가 수화기 너머에서 한숨을 쉬었다. 대체 무슨 일이냐고 허명애에게 물었다. 무슨 일인지 모르기는 허명애도 홍서훈도 마찬가지였다. 며칠 뒤 허명애가 집으로 찾아갔다. 김성아가 겨우 정신을 차리고 눈을 떴다. 어떻게 된 거냐고 묻기 전에 그녀가 입을 열었다. "퇴근길의 나를 누군가 차에 태워 어딘가로 데려갔어. 그놈들이 나를 고문하고…… 그놈들이 나를……" 하고는 손으로 입을 막아버렸다. 박정희의 유신체제를 맹렬히 비판하여 옥살이를 한 시인이 감옥에서 쓴 시를 모아 시집을 냈다. 김성아는 그 시인을 인터뷰했다.

　김성아는 집에서 한 발짝도 나오려 하지 않았다. 허명애가 다시 김성아를 찾아갔을 때 그녀는 심한 구안와사를 앓고 있었다. 출판사의 남자 직원들을 홀리던 페이 더너웨이의 미모는 찾아볼 수 없었다. 아름다움이라는 것이 별 게 아니었다. 아름다움이란 정상(頂上)이 아니라 정상(正常)을 유지하는 거였다. 그녀는 아무 얘기도 하지 않고 천장만 보고 누워 있었다. 허명애와 시선을 마주치려고도 하지 않았다. 김성아의 구안와사는 곧 회복됐지만 완치되지는 않았다. 만남 중에 김 성아는 곧잘 물었다. "내 얼굴, 또 시작이지?" 그럴 때는 어 김없이 입술이 떨리고 실룩거리며 슬슬 오른쪽으로 당겨 올 라갔다. 구안와사는 그날의 기억이 사라질 때까지 김성아를 따라다닐 모양이었다.

"나, LA로 갈 거야. 이민 간 큰오빠에게로 가려고." 김성아 가 툭 던졌다. 허명애와 김성아, 홍서훈이 함께 만난 자리였 다. 허명애는 놀랐지만 홍서훈은 담담했다. 둘 사이에 무슨 얘기가 오갔으리라.

"미안해. 여기선 내가 살 수가 없어. 이 암흑은 끝날 기미 가 안 보이고, 내 기억은 더욱 또렷해지고." 김성아가 허명 애의 손을 잡았다. 허명애는 김성아의 손을 꼭 쥐었을 뿐 어 떤 말도 할 수가 없었다. 김성아와 홍서훈의 사랑도 결국 '미 라보 다리'처럼 흘러가버리는구나, 시대의 아픔 따라. 흘러가 버린 센강의 물처럼 그들은 다시 만날 수 없으리라.

김성아가 떠날 날짜가 성큼 다가왔다. 마침 세샘트리오의 「나성에 가면」이 유행이었다. 뜬금없이 그런 노래가 유행한 건 당시 아메리칸 드림을 품고 LA로 이민 가는 사람이 많아 서 그랬을 터이다. 「나성에 가면」은 LA로 떠나는 연인에게 함께 못 가는 걸 미안해하는 보사노바풍의 이별 노래다. 가사 는 애달프지만 여가수 권성희가 남미의 악기 카바사를 흔들며 불러 상큼한 느낌을 주는 곡이다.

　나성에 가면 편지를 띄우세요
　함께 못 가서 정말 미안해요
　나성에 가면 소식을 전해줘요
　안녕 안녕 내 사랑

　허명애는 오랜만에 김성아와 함께 안국동과 인사동을 쏘다녔다. 시를 읊는 대신 「나성에 가면」을 목 터지게 불렀다. 김성아를 만나 생의 빛나는 한철을 누렸던 안국동과 인사동 골목에서 "나성에 가면 편지를 띄우세요 함께 못 가서 정말 미안해요"를 소리 높여 불렀다. 그리하면 김성아와 함께 못 가는 게 정말 미안해지고 그녀가 이미 떠나 여기에 없는 것처럼 목이 잠기도록 그녀가 그리웠다.

　허명애와 김성아는 '메별'을 했다. 그 단어를 처음 발견했을 때 이런 이별도 있구나, 하며 둘이 아파했던 바로 그 '메별'이었다.

　김성아는 LA에 가서 곧 결혼했다. 그녀가 결혼한다고 보내 온 편지에는 이런 내용이 쓰여 있었다. '결혼할 이 남자는 내 속에 무엇이 들어 있는지, 무엇이 나를 지나갔는지 짐작도 못 하는 사람이야. 긴 여행을 하기엔 그런 사람이 좋겠다고 생각했어. 나 역시 그가 무엇에 가치를 두고 사는지, 어떤 사람들과 부대꼈는지 알려고 하지 않아. 서훈은 나보다도 더 나를 잘 알지. 박사논문 쓰듯 나에 대해 연구를 하잖아. 처음엔 내 내면의 소소한 일렁임까지도 섬세하게 느끼는 그에게 감동했어. 근데 내 속을 다 꿰고 내 마음이 움직일 방향까지 훤히 아는 사람이 옆에 있다는 게 차츰 위안이 아니고 불안이 되었어. 처음 LA로 가려고 했을 땐 지친 심신을 쉬려고 했던 건데 그 일 이후 서훈에게서 멀어지고 싶은 열망이 내 속에 가득 차 있었다는 걸 알게 되었지. 서훈과 결혼한다면 그와 나는 그 기억에 속박되어 자유롭지 못한 채 살 거 같았어. 그는 내가 져야 할 몫을 자기가 떠맡으려 할 거야. 내 몫은 내가 안고 가고 싶었어. 결국 결혼은 이방 사람처럼 느껴지는, 각자의 방에 작은 비밀을 감춘 이와 해야 한다는 결론을 내게 되었지. 이게 철없는 생각일까.'

김성아는 아들을 하나 낳은 뒤로 답장을 하지 않았다. 미국 생활에 적응하는 게 힘든가 보다, 하고 기다렸는데 영영 소식이 없었다. 그동안 홍서훈은 평론가로 자리 잡고 모교의 교수가 되었다. 허명애는 매체를 통해 그의 근황을 살폈다. 그의 저서를 읽으며 그가 참어른이 되었다고 생각했다. 오래전, 그의 산문집을 읽고 학교로 편지를 보냈다. 김성아의 소식을 알 수 있을까 싶어서였다. 너무 옛 인연이라 기억을 못할까 걱정이 되기도 했다. 편지를 받고 홍서훈이 전화를 했다. "기억을 못 하다니요. 명애 씨의 빠른 걸음, 목소리까지 선명히 기억해요. 그 시절 우리 참 맹렬했지요?" 했다. 김성아는 그곳에서 연극을 하며 살았는데 최근에 이혼했고 작은 카페를 하는 것 같다고 전했다. 그리움 속에 그녀를 두는 게 어떻겠냐고 그가 조심스레 말했다. 그렇게 말하는 홍서훈에게 극구 연락처 가르쳐달라는 말을 할 수 없었다. 그래도 통로가 있으니 희망을 가졌다. 그녀의 구안와사가 완전히 회복되었기를 바랐다. 정상을 되찾은, 나이 든 페이 더너웨이를 언젠가 만날 수 있기를 소망했다.

홍서훈의 부고가 신문에 났다. 그가 투병 중에도 글을 쓰고 있다는 소식을 듣고 잘 이겨내기를 응원했는데 급히 가버렸다. 허명애는 안타까웠다. 평론가로서 아직 할 일이 많은데 일찍 간 것이 서운했고 조용한 죽비 같았던 그의 글을 더 못 읽게 되어 아쉬웠다. 무엇보다 안타까웠던 건 김성아와 연락할 통로가 완전히 끊어져버린 거였다. 나성에서 영혼의 친구를 잃은 김성아는 어떨까. 그 아픔의 깊이를 허명애는 헤아릴 수 없었다. 헤아릴 수 없어 안국동 기억의 서랍 속을 뒤적거려보았다. 지나간 시간은 되살릴 수 없지만 거기, 둘이 함께 읊은 시와 김성아의 얼굴을 우련 붉게 했던 낱말들이 여전히 찬란하게 빛나고 있었다.

이제 그녀 소식은 어디서 들을까.

타이스의
명상곡

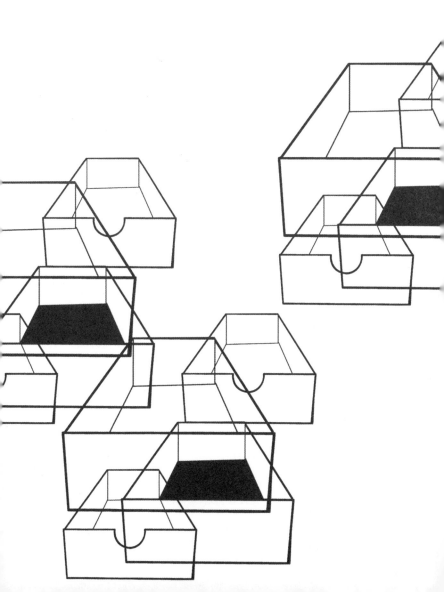

가수 유희열이 프로듀서로, 방송인으로, CEO로 성공하는 걸 보면서 허명애는 안희열을 생각했다. 안희열은 자기 이름을 소개하며, 일평생 희열을 느끼며 살라고 아버지가 '희열'이라 이름 지으셨다는데 성 때문에 영 틀렸다며 끌끌 웃었었다. 하필 안 씨라 평생 '노(no)희열'로 살아야 할지 모른다나 어쩐다나. 그럼 유희열은 유(有)희열이라서 이름값 하느라고 잘나가는 건가.

그 가을 아침, 동아방송 무슨 프로에 허명애의 글이 소개되었다. 허명애가 친구 이인숙에게 보낸 편지를 이인숙이 방송국에 보낸 거였다. 청취자들의 편지를 읽어주고 희망 음악도 들려주는 프로였다. 허명애가 이유를 물으니 이인숙은 그러고 싶었다고 했다. 여럿이 듣고 싶었다고. 그때 허명애는 출판사에 병가를 낸 상태였다. 신경염이었고 의사는 일을 좀 쉬라고 했다. 정신적으로도 이해할 수 없는 상태에 있었다. 알지도 못하는 누군가를 죽이는 꿈을 매일 꿨다. 상대가 늘 다른 사람이었다. 당혹스러웠다. 현실에서는 수없이 자살 유혹에 빠져 살았는데 꿈속에서는 타인을 죽이고 있었다. 그게 무슨 뜻인지 헤아리기 어려웠다. 자신이 죽이고 싶은 게 누구인지 알 수 없었다. 자신의 내면에 그런 살의가 잠재하고 있다는 것도 두렵고 부끄러웠다. 김성아가 출판사를 퇴사하자 허명애에게 그런 현상이 나타났다. 김성아에 대한 상실감이 허명애를 그런 상태로 만들었을까. 봉오리 맺을 시간도 없이 갑자기 피어 버린 꽃이 홀연히 져버려 그런 일이 생긴 걸까. 직원들과 다시 마주 봐야 할 시간이 다가오고 있었다. 아무도 만날 수 없는 상태인 허명애는 병가가 길어질까 걱정이었다. 출판사에서는 오래 참아주지 않을 터였다. 허명애는 이인숙에게 편지를 썼다. 오랜만에 쓰는 편지였다. 만나서 마음을 열어본 지도 한참 되었다. 대학 입학 후 이인숙이 한 남자에 올인하면서 둘 사이가 소원했다.

방송에서 허명애의 글이 소개된 뒤 많은 편지가 쏟아져 왔다. 글을 다 읽은 뒤 아나운서가 허명애의 집 주소도 소개했다. 개인 정보 보호에 누구도 관심이 없을 때라 함부로 주소를 읽어줬다. 허명애는 읽을 만한 편지 두 통을 만났다. 하나는 제대를 몇 달 앞둔 병장의 것이었고 하나는 S대 학생 안희열이 쓴 거였다. 병장은 죽음에 대한 자신의 생각과 죽음을 두고 방황했던 경험을 간결한 문장으로 썼다. 필체도 정감있어 여러 번 읽게 했다. S대 학생 안희열은 그날이 개교기념일이라 집에서 라디오를 들었노라고 했다. 그는 장문의 글을 보내왔다. 하고 싶은 말이 무척 많은 사람 같았다. 그는 루이제 린저의 『생의 한가운데』를 읽었는가 물었다. 소설 속의 니나 부슈만을 얘기하면서 허명애의 절망 속에도 니나의 불꽃이 보인다고 했다. 안 읽었으면 꼭 읽어보기를 권했다. 『생의 한가운데』는 당시 젊은이들의 필독서였고 허명애도 밑줄 그으면서 읽었다. 많은 부분 공감했지만 화산 같은 니나의 삶이 두려웠다. 허명애는 두 사람과 몇 번 편지를 주고받았다. 그러다가 병장과는 편지를 끊었다. 제대하면 얼굴 한번 보자는 편지를 받고 나니 부담스러웠다. 애초에 그들과 대면할 생각이 없었다. 허명애는 S대생하고만 편지 왕래를 하게 되었다. 당분간 그의 편지는 받고 싶었다. 허명애는 그가 추천하는 책들을 읽었다. 주로 카프카와 카뮈의 책이었다. 『성』이나 『심판』, 『시지포스 신화』 같은. 안희열은 독후감이나 작품 해설까지 평론가처럼 써서 보냈다. 그는 문과에 가고 싶었지만 졸업하고 아버지를 빨리, 편히 모시고 싶어 경영학과에 갔고 지금은 결혼한 형님 집에 살면서 고등학생을 가르치고 있다고 했다. 네 번째 편지에서 안희열은 아버지에 대하여 길게 썼다.

아버지는 소작농이었습니다. 새까만 얼굴에 순박한 웃음이 떠나지 않는 사람이었지요. 쟁기질하면서도 새참을 먹으면서도 아버지는 허허 웃었습니다. 내가 국민학교에 입학하고 공부에 소질을 보이자 아버지는 이깟 것으로는 아들을 뒷받침할 수 없다며 소작을 때려치웠습니다. 그는 소방관이 되었습니다. 월급도 적고 고생스러운 소방관을 결심한 이유는 잘 모르겠습니다. 소방관을 하는 먼 친척이 계기가 되지 않았을까 싶습니다. 월급이 나오니 그래도 소작보다는 낫다고 어머니에게 말하더랍니다.

어린 시절 매일 앵앵, 달리는 불자동차를 봤습니다. 빨간 불자동차 여러 대가 급히 달리는 걸 볼 때마다 덜컥 겁이 났습니다. 어디에 또 큰불이 나서 사람이 죽었을까 봐 그랬지요. 죽은 누군가가 걱정되어서가 아니었습니다. 아버지가 집에 돌아와 폭음하고 울 것이 두려워서 겁이 났던 겁니다. 아버지는 밤새 큰불을 끄고 새벽에 들어오면 잠을 자지 않고 폭음을 했습니다. 어찌어찌 잠이 들어도 화재 현장의 참상을 잊지 못해 악몽을 꾸며 소리소리 질러댔지요. 아버지는 소심했고 정신력이 강한 사람이 아니었습니다. 인명 사고라도 있던 날은 아버지는 가슴을 쥐어뜯으며 껵껵 울었습니다. 아버지의 손에는 아침까지 술병이 들려 있었는데 누구도 술병을 빼앗지 못했습니다. "사람이 까맣게 그을려 죽었어! 사람이 고깃덩이처럼 불에 탔다구!" "내일 결혼할 처녀가 죽었어. 어린 아가씨가 연기에 질식해 죽었다니까! 아가씨를 구하지 못했다구!" 형과 나와 어머니는 아버지가 울음을 그치고 잠이 들 때까지 잠들지 못했습니다. 알코올중독자가 되어가는 아버지, 음식을 토하듯 밤새 끅끅 울음을 토하는 아버지가 나는 무섭고 싫었습니다. 아버지의 질긴 울음소리를 듣느라 꼬박 밤을 새운 적도 있었어요. 그런 날은 학교에 결석했지요. 회복 탄력성이 점점 없어져 스트레스가 날로 쌓여가는 남편을 지켜보는 어머니는 "늬 아버지 때문에 내 심장이 석회처럼 굳는다. 이건 사는 게 아니야"라고 자식들에게 호소했습니다. "그놈의 소방관을 더 하다간 온 식구가 떼죽음하겠어." 어머니는 아버지의 출근을 막았습니다. "그럼 우리 식구들을 누가 먹여 살려." 아버지는 기어이 출근했어요. 아버지가 소방관을 그만둔 건 어머니가 읍내 가발 공장에 취직한 뒤였습니다. 식구들은 아버지가 술도 줄이고 예전처럼 순박하게 웃으며 얌전하게 살 줄 알았습니다. 그런데 그게 아니었습니다. 아버지는 환시에서 헤어나지 못했고 식구들 없는 집에서 두 번이나 자살을 기도했어요. 한번은 어머니가, 한번은 옆집 아저씨가 발견하여 목숨을 건졌지요. 그 후로 어머니는 남편 지킴이가 되었습니다. 가발 공장에 다닐 수가 없게 되었어요. 형이 상업고등학교를 졸업하고 은행에 취직했습니다. 같은 은행에 다니는 여행원과 결혼한 형이 부모님의 생활비를 대고 있습니다. 아버지는 지금도 정신과 치료를 받고 있고요. 나는 대학에 가서야 아버지뿐 아니라 많은 소방관이 평생 크고 작은 정신질환을 앓는다는 걸 알았습니다. 외국에도 그런 사례가 많다는 걸. 이건 심약한 나의 아버지만의 문제가 아니라는 걸. 어렸을 때 아버지를 다만 술주정뱅이로만 알고 미워했던 게 너무 죄스럽습니다. 난 아버지가 소방관의 기억을 다 벗고 농사짓던 때의 순박한 웃음을 되찾도록 어떤 노력도 다 할 겁니다. 아버지를 편히 모실 겁니다.

안희열은 그 편지 끝에 덧붙였다. 우리 집은 청평인데 겨울 방학 때 내려갈 예정이니 놀러 오십시오. 겨울 북한강도 좋지만 북한강 가에 멋진 다방이 있습니다. 그곳에 가면 마스네의 「타이스의 명상곡」을 들을 수 있습니다. 거기서 듣는 「타이스의 명상곡」은 아주 특별합니다. 꼭 와서 들어보길 권합니다.

허명애는 자신의 아버지와는 또 다른 이유로 생을 송두리째 잃은 안희열 아버지의 생각으로 답장을 쓰지 못하는 며칠을 보냈다.

허찬수는 쉰여덟이 되던 해에 뇌출혈로 쓰러졌다. 늘 터질 것 같던 머리가 드디어 폭발한 거라고 자식들은 생각했다. 허찬수는 육신의 왼쪽에 마비가 왔다. 한의원을 폐업하고 책상과 약장만 집으로 옮겨왔다. 고향에서 수많은 정신질환자를 치료한 그의 독보적인 침술은 아무도 알아보지 못한 서울에서 영원히 사장되었다. 고향 집 사랑채에는 머리의 어딘가에 고장이 난 사람들이 입원하여 치료받곤 했다. 평소에 입이라고는 떼지 않던, 여고 교장 아들이 종일 입을 안 다물고 중얼거리며 아무 말이나 쏟아냈다. 교장이 아들을 허명애네 사랑채에 입원시켰다. 청년은 허명애 가족들과 유쾌하게 웃으며 얘기도 잘했다. 사람을 기분 좋게 해주는 말재간도 있었다. 그는 한 달 남짓 침을 맞고 한약을 먹었다. 차차 말수가 적어지던 그는 어느 날 입을 조개처럼 다물어 버렸다. "선생님, 우리 애 다 나았습니다." 허명애 가족은 입을 꼭 닫은 청년이 낯설었는데 교장은 안도하며 아들을 데려갔다. 교장이 허명애 아버지에게 스위스 시계 부로바를 선물로 주었다. 자식들 모두가 그 시계를 탐냈다. 시계는 옛 영광의 상징처럼 오랫동안 아버지의 손목에 붙어 있었다. 쓰러지고 난 뒤 아버지는 시계를 풀어 허명애에게 주었다. "이제 내게는 시간이 의미가 없구나." 허명애 손목의 둥그렇고 납작한 금빛 시계를 남학생들이 탐냈다.

허찬수는 온전한 오른손으로 그림을 그리기 시작했다. "오른손이 멀쩡한 게 대단한 축복이다." 허찬수는 붓을 들며 함박 웃었다. 아버지의 어릴 적 꿈이 화가였다고 한다. 허명애 형제들은 그런 얘기를 들어본 적이 없었다. 아버지는 어려서

부터 한의사를 꿈꾸었으려니 했다. 아침에 일어나면 밥상을 펴놓고 그림 그리는 아버지를 자식들은 보게 되었다. 허명애는 그림 그리는 아버지를 보는 게 좋았다. 즐겁게 숙제하는 아이 같은 아버지의 얼굴을 보는 게 좋았다. 사는 건 어찌 됐든 그렇게라도 아버지가 밥벌이의 짐에서 풀려난 게 자식으로서 미안함을 덜게 된 것 같아 홀가분했다. 허찬수의 수묵화를 위해 자식들이 먹을 갈았다. 허찬수의 첫 그림은 수수였다. 바람에 긴 잎을 휘날리는 수수. 수수 이삭들은 꽉 차게 영글었고 수수 알 하나하나가 살아 있는 듯 탱글탱글했다. 하늘에는 뭉게구름이 한 박자씩 쉬며 흘러가고 키 큰 수숫대 사이로 사사삭, 바람 소리가 지나가는 듯했다.

"그림이 마음처럼 안 된다."

"아버지, 구름이 천천히 숨을 쉬며 흘러가는데요? 수수 알은 잘 영글어 금방 터질 것 같고요. 풍년인가 봐요."

"그림보다 우리 명애 표현이 좋구나."

허찬수의 그림은 완성도가 높지는 않았지만 그린 이의 마음이 절절하게 느껴졌다. 아버지가 얼마나 고향을 그리워했는지 자식들은 그림을 보고 알았다. 아버지가 그린 건 고향 집의 수수였다. 허명애의 고향 집에서는 수수 농사를 지었다. 추석 무렵이면 넓은 밭에 키 큰 수수의 이삭이 붉게 영글었다. 수수 알이 굵고 알차게 들어찬 이삭들은 고개가 아래로 숙고 수숫대의 허리가 휘청거렸다. 바람이 불면 수수밭에서 사사삭 사사삭 소리가 끝없이 들렸다. 바다를 보지 못한 허명애는 가을 바다의 파도 소리가 그와 같으리라고 생각했다. 사사삭 소리가 오래 들리면 수숫대가 넘어진다고 식구들이 나가서 몇 대씩 한데 묶어주었다. 수수 이삭 수확할 때면 동네 사람들이 낫을 들고 와서 품앗이했다. 아버지도 익숙한 솜씨로 낫을 들었다. 자른 이삭은 다발을 만들어 울타리와 장독대, 마당에 널어 건조했다. 집 안이 온통 붉은 수수였다. 허명애네는 일 년 내내 찰수수밥을 먹었다. 허명애 엄마는 수수조청을 만들어 기침하는 식구들에게 먹이고 천식이 있는 동네 노인들에게도 갖다줬다.

"아버지 몰라주는 환자들 기다리지 말고 진즉에 그림 그릴걸. 그랬으면 인생이 확 달라졌을 텐데…… 아버지, 전에도 그림 그려보셨어요?"

"어려서부터 그림 그리는 걸 좋아했지만 그땐 종이 사기가 쉽지 않아 땅에다 많이 그렸지. 커서는 머릿속에다 그렸고. 너희들 다 출가시키고 나면 본격적으로 그려보려고 했는데 이리 당겨졌구나."

하찬수의 두번째, 세번째 그림도 수수였다. 그는 지치지 않고 수수를 그렸다. 오직 수수만 그렸다. 어느 날 그린 수수는 허리가 꺾여 이삭이 땅에 고꾸라져 있었고, 어느 날의 수수는 알곡을 다 잃은 쭉정이로 초라하게 서 있었다. "참새가 다 쪼아 먹어서 그래." 허찬수는 껄껄 웃었다. 어느 때는 넓은 수수밭을 한 화폭에 담았다. 매일 비슷비슷한 수수를 그리는 것 같았지만 가족들이 보는 수수 그림은 매번 달랐다. 완성된 그림은 한 장 한 장 책상 서랍으로 들어갔다. 서랍 속에 쌓인 그림들은 허찬수에게 단순한 그림이 아니었으리라. 그건 아마도 허명애가 김성아와 함께 서랍 속에 모아두던 낱말 같은 것이 아니었을까 싶다. 허찬수가 서울 와서 보낸 날들 중 가장 행복한, 자신만을 위한 나날들이 이어졌다. 그토록 자신의 목을 조이던 가족들의 끼니를 나 몰라라 팽개친 날들이었다. 이상한 것은 허찬수가 의무를 팽개쳤어도 가족들이 살아졌다는 거다. 한의원의 문을 하루만 닫아도 식구들이 굶어 죽을 줄 알았는데 어찌어찌 살아졌다. 그렇지만 허명애 아버지는 오래 행복하지 못했다. 두번째 쓰러지고 나서는 그저 누워 있었을 뿐 아무것도 하지 못했다.

허명애는 울울했다. 아버지의 그림이 서랍으로 들어가는 날이 다시 올 것 같지 않았다. 이웃의 송민자를 찾아갔다. 마음이 갑갑할 때 찾는 친구였다. 송민자네는 허명애 가족보다 먼저 미아리고개에 자리를 잡았다. 송민자 아버지는 시외버스 운전기사였다. 춘천에서 청평 가는 버스를 운전했다. 진눈깨비 내리던 겨울 저녁, 그가 운전하던 버스가 청평에 거의 다 와서 낭떠러지에서 굴렀다. 차가운 강으로 떨어진 버스 안의 누구도 살아나오지 못했다. 그 겨울의 끝에 송민자가 중학교를 졸업했고, 그들 가족은 도망치듯 춘천을 떠났다. 송민자네는 이모가 사는 서울 미아리고개로 이사했다. 엄마가 이모와 함께 야채를 팔았다. 송민자 엄마는 새벽기도를 다니며 남편이 데리고 간 열세 명의 원혼들을 위해 기도했다. 송민자가 허명애를 바라보며 말했다.

"우리 아버지는 춘천서 청평 가는 길이 아름답다고 좋아했어. 그 길을 운전하게 되었다고 삐빠빠룰라 노래하더니 이 년만에 그 길에서 그리 가셨네. 그날 우리 아버지를 변명해준 아가씨가 하나 있었어. 버스가 청평에 가까이 왔을 때 한 아가씨가 아버지에게 물었어. '아저씨, 저희 집이 여긴데 죄송하지만 좀 내려주실 수 있으세요? 날이 너무 안 좋아서……' 직행버스라 중간에 설 수 없지만 날씨가 너무 안 좋으니 아버지가 승객들에게 의견을 물어봤지. 다행히 승객들이 양해했어. 아버지가 잠시 정차를 하여 아가씨를 내려주고 다시 출발했어. 아가씨가 고맙다고 인사하고 돌아서서 몇 걸음 걷는데 엄청난 굉음이 들리는 거야. 방금 전에 있던 버스가 감쪽같이 사라져버렸어. 순식간의 일이라 아가씨는 넋이 나가서 뭘 어떻게 해야 할지 모르고 무조건 뛰었어. 이튿날 신문의 일면에 사고 기사가 났어. 아가씨가 경찰에게 말했대. 나를 내려주지 않았으면 사고가 나지 않았을 거라고. 나를 내려주느라 아저씨가 긴장이 풀려서 그리 됐을 거라고. 아저씨와 승객들에게 지은 죄를 어찌 갚느냐고. 교회 다니는 우리 엄마 생각은 달랐어. 어떻게든 그 아가씨 하나는 살리려는 신의 뜻이 거기 있었던 거라고 말야. 그 아가씨는 어디에든 크게 쓰일 인물일 거라고 엄마는 지금도 그렇게 믿고 아가씨를 위해 기도해."

"그게 억지 믿음이란 걸 엄마라고 모르시겠니? 그 믿음이 엄마의 비빌 언덕이겠지. 우리 아버진 가난보다도 당신의 의술을 펼치지 못하는 걸 더 힘들어하셨어. 의사는 환자를 치료하는 사람인데 환자가 찾아오지 않으니 그게 엄청난 모욕이었겠지. 그 모욕을 명랑으로 견디셨어."

그날 두 아버지의 삶에 대해 말하던 중 허명애가 S대생과 그 아버지의 이야기를 꺼냈다. 얘기를 듣던 송민자가 흥분해서 물었다.

"야, 그 친구, 안희열 아냐?"

"어, 맞아. 어떻게 알아?"

"여름에 우리 과 애들이 S대 경영학과 애들과 미팅했는데 내 파트너의 집이 청평이었거든. 어쩜 이런 우연이 있니. 둘이 노래해서 '사이먼과 가펑클' 레코드도 한 장 상품으로 받았어. 나랑은 안 맞아서 금방 헤어졌지만."

"정말 희한한 우연이다. 안희열이 방학 때 청평에 놀러 오라던데? 특별한 「타이스의 명상곡」이 있는 다방이 있다나?"

"우리 청평 가볼래? 아버지 생각나서 그쪽으로는 MT도 안 갔는데, 날 보고 기절하는 그 애 모습 궁금해서 한번 가보고 싶다."

이듬해 2월, 송민자와 허명애는 경춘선을 타고 청평역에 내렸다. 허명애는 안희열과 대면할 뜻이 전혀 없었는데 친구의 장난기 때문에, 그리고 「타이스의 명상곡」 때문에 덜컥 청평에 가게 되었다. 마침 장날이라 안희열의 집 쪽으로 가는 버스에 사람이 많이 탔다. 허명애와 송민자는 그곳으로 간다는 한 아주머니를 붙잡고 물었다.

"혹시 안희열을 아세요?"

"알다마다. 모르면 간첩이지."

"왜요?"

"우리 마을 수재 아녀?"

"그래요? 저희들이 여기서 기다릴 테니 좀 전해주실래요?"

얼마 후 한 청년이 버스에서 내려 뛰어왔다. 허명애와 송민자는 뒷모습을 보이며 천천히 걸었다. 그가 뒤에 바짝 다가와 물었다.

"서울서 오셨지요?"

"네!" 둘이 합창했다.

"어떻게 연락도 없이……"

"갑자기 「타이스의 명상곡」이 듣고 싶어서 왔죠." 송민자의 목소리가 평소보다 가늘고 높았다.

"어느 분이……" 안희열이 물었다. 누가 허명애냐는 거였다. 허명애는 후드 달린 빨간 반코트를 입었고 송민자는 검정

롱코트를 입었다.

"누굴 것 같아요?" 송민자의 물음.

"빨간 코트?" 안희열의 대답.

"맞아요!" 하면서 둘이 동시에 뒤돌아섰다. 안희열은 허명애에게 먼저 반갑다는 인사를 하고 송민자에게도 초면인 듯 수줍어하며 고개를 숙였다. 송민자와 허명애는 곤혹스러운 눈빛을 주고받았다. '세상에 이런 일이!' 하며 기절초풍하는 안희열의 모습을 기대했으니 말이다. 진짜로 송민자를 못 알아보는 건지, 모르는 척하는 건지 알 수 없었다. 안희열이 자기 파트너였다고 흥분했던 송민자는 머쓱하기 짝이 없었다. 허명애는 허명애대로 친구에게 미안했다. 아무리 서로 맞지 않았다고 해도 몇 달 전에 미팅 파트너였던 남자가 못 알아본다면 그 기분이 어떨까. 알고도 모르는 척하는 거라면 이유가 뭘까.

안희열은 송민자에게 제 이름을 소개했다. 아버지가 평생 희열을 느끼며 살라고 이름 지으셨다는데, 성 때문에 희열로 못 살고 노(no)희열로 살아야 할지도 모른다며 끌끌 웃었다. 안희열은 이름을 소개한 뒤로는 별로 말을 하지 않고 앞서 걸었다. 세 사람은 점심을 먹고 「타이스의 명상곡」을 들으러 북한강 가의 다방으로 향했다. 그런데 다방이 휴업이었다.

"가는 날이 장날이네요." 안희열이 미안해하며 중얼거렸다. 허명애와 송민자는 연락도 없이 진짜 장날에 들이닥쳤으니 할 말이 없었다.

"어쩌지요?" 안희열이 계속 쩔쩔맸다.

"어쩔 수 없죠. 근데 이곳의「타이스의 명상곡」은 뭐가 특별해요?" 허명애가 물었다. 마스네의 오페라「타이스」에 간주곡으로 나오는 그 음악은 너무나 잘 알려진 바이올린곡인데, 이 다방에서는 무엇이 특별하다는 건지 궁금했다.

"다음에 와서 직접 들어보세요. 진짜 특별해요." 안희열이 진지하게 대답했다.

"여기서 직접 바이올린 연주를 하나요?" 이번에는 송민자가 물었다.

"와서 들어봐야 해요. 꼭 한번 다시 오세요." 안희열은 끝내 뭐가 특별하다는 건지 말을 안 했다. 다시 오라는 소리만 되풀이했다. '뭐야, 다음에 또 오라고?' 허명애와 송민자는 서로를 바라다봤다. 안희열이 잠시만 기다리라 하고는 어디로 바삐 달려갔다.

"무슨 이런 일이 있니. 정말 나를 몰라보는 걸까? 어떻게 그럴 수 있지?"

"몰라보는 게 아니라면 모르는 척하는 건데 이유가 뭘까."

허명애와 송민자는 이런저런 추측을 해봤지만 그럴싸한 답을 찾지 못했다. 어디로 갔던 안희열이 또래 남자 하나를 달고 왔다. 친척 동생이라고 했다. 다행히 친척이 농담도 잘하고 순발력도 있어서 분위기를 띄웠다. 직설적인 송민자와도 잘 대적했다. 송민자의 기분도 많이 풀렸다. 네 사람은 차디찬 북한강의 풍경 속으로 들어갔다. 겨울 강의 풍경이란 바람과 햇볕, 그리고 영하 3도의 쾌청한 하늘이었다. 서로 판이한 생각에 잠긴 네 젊은이가 그 속에 들어가니 액자 속 그림이 되었다. 네 사람은 풍경을 허물지 못하고 저물녘까지 그 속에 서성였다. 그 시간, 은희의 「꽃반지 끼고」는 네 사람을 엮는 언어가 되어 주었다.

청평에서 돌아와 허명애는 안희열에게 편지를 썼다. '내 친구 송민자를 정녕 모르세요?' '압니다' 하고 답이 왔다. 미팅하던 날, 그녀가 몹시 당돌하고 직설적이어서 무섭고 겁이 났단다. 다시는 그런 여자와 만나고 싶지 않았단다. 청평에서 그녀의 얼굴을 보는 순간 너무 놀라 저도 모르게 그런 행동을 했다고 한다. 처음에 모르는 척했으니 나중에 아는 척할 수도 없고 종일 힘들었다고 했다.

휴학 중이던 허명애는 3월에 복학하고 국문과로 전과했다. 졸업을 한다 해도 그 대학 졸업장으로 인생이 밝아진다고 장담할 수 없었다. 허명애는 그런 학교에 기를 쓰고 다니려는 자신이 딱했다. 그러나 그것도 안 한다면 제 인생을 펼쳐나가게 해줄 사다리 중의 하나가 끊길까 봐 학교를 그만둘 수도 없었다. 막막한 허명애에게 안희열의 편지는 제대로 된 세상과 통하는 창이었다. 허명애는 안희열에게 휴학 중 출판사에 다닌다고만 했다. 집에는 안희열의 편지가 일기처럼 매일 도착했다. 편지에는 학교생활, 자식을 안 낳기로 했다는 형과 형수 얘기, 무표정이 표정이 되어버린 아버지 근황, 책 소개, 독후감, 독재 정권에 대한 비판 같은 것들을 세세히 적었다. 안희열은 박정희의 경부고속도로에 대해서도 많은 비판을 했다. 많은 국민과 야당의 반대에도 불구하고 박정희는 경부고속도로를 밀어붙였다. 우리나라의 자동차 수가 6만 대인데 무슨 고속도로냐고 그는 편지에 썼다. 이왕 할 거면 제대로 하든지, 완공한 지 얼마나 됐다고 벌써 누더기 도로냐고 흥분했다. 앞날을 내다보지 못한 많은 국민들처럼 허명애도 경부고속도로 건설에 반대 입장이었지만 안희열만큼 맹렬하게 반대한 건 아니었다. 경부고속도로는 허명애에게 눈앞의 현실로 다가오지 않았다.

안희열의 편지는 허명애를 문학적으로, 사회적으로 성장시켰다. 그렇지만 허명애가 바라는 건 오직 편지 왕래였다. 안희열은 가끔 출판사 근처로 찾아왔다. 그는 커피 탈 때 스푼의 설탕을 반은 탁자에 흘렸다. 의자 등받이에 느긋하게 기대어 앉은 허명애 앞에서 그의 손은 항상 떨었다. 담담한 상대방 앞에 앉은 사람은 그렇게 조바심하고 떨 수밖에 없다. 허명애가 야간대학 다니는 주제인 줄 알았으면 안 떨었을까. 안희열은 같은 과 친구들을 자주 응원군으로 데리고 왔다. 많은 응원군도 허명애의 마음을 움직이지는 못했다. 무릇 관계에서는 첫 만남, 첫 느낌이 중요할 터인데 허명애는 안희열과의 첫 만남에서 미풍에 대꾸하는 나뭇잎만큼도 흔들리지 않았다. 그의 첫인상은 성실하여 성공할 학생이라는 거였다. 몇 번을 만나도 그 이상의 느낌을 받지 못했다. '성공할 학생'이라는 느낌은 청춘에게 흔들림의 이유가 되지 못했다.

안희열이 3학년이 되자 허명애는 편지도, 찾아오는 것도 그만둬달라고 편지를 썼다. 정체를 제대로 알리지도 않은 채 그를 붙잡아두는 건 도리가 아니었다. 안희열은 허명애의 편지를 못 받은 척 계속 편지를 써 보냈다. 3학년을 마칠 때쯤, 군에 입대한다는 편지를 보내왔다. 한 번만 얼굴을 보자고 했다. 허명애는 약속 장소에 이인숙을 내보냈다. 이후 안희열의 편지가 딱 끊겼다. 이인숙이 그를 만나 뭐라고 했는지 허명애는 지금도 알지 못한다. "알아서 뭐 하려고." 이인숙의 대답이다.

허명애는 북한강 옆 다방의 그 특별하다는 「타이스의 명상곡」을 듣지 못했다. 대학 이름 또한 안희열에게 끝내 말하지 못했다. 나를 이룬 많은 블록 중 어느 하나를 빼도 온전한 내가 아니니, 허명애는 대학에 대해 말하지 못한 것이 오래도록 미안했다. 안희열이 잘 안다고 생각하고 공들인 허명애는 허명애가 아니었으니 말이다. 야간대학 학생인 줄 알았다면 그는 애초에 허명애를 맘에 품지도 않았을까. 아니다. 그건 젊은 날의 그에 대한 모독이리라.

허명애는 안희열을 검색했다. 사진과 함께 프로필이 떴다. 사진 속 얼굴이 젊은 시절 그의 인상이었다. 무엇보다 출생지가 그곳이었다. 그는 모 대기업 상무이사로 은퇴하고 협력사 대표로 있었다. 경력만으로 그 인생의 행, 불행을 짐작할 수야 없지만 적어도 '노(no)희열'로 살지는 않았을 것 같다. 아버지를 편히 모시기 위해 열심히 살았구나 싶어 고마운 마음이 들었다.

돌이켜보면 그 시절 허명애와 안희열은 현실에서 마주치지 못했다. 허공에서 각자가 꿈꾸는 곳을 향해 날개를 푸드덕거렸을 뿐이다. 숱한 핑곗거리를 모아, 곁에 있는 사람들을 한갓되이 통과시키고 떠나보내는 것이 젊은 날에 하는 일인 모양이다. 허명애가 김이석, 안희열 같은 남자를 보내고 만난 사람은 수학과는 지척이고 인문학과는 사돈의 팔촌 같은 남자다. 허명애의 눈이 허술했던 건지, 산다는 게 원래 그토록 구멍 뚫린 모양새인지는 모르겠다. 아무튼 허명애는 인문학적 공감대라고는 백 원어치도 없는 남자랑 살게 되었다. 누가 떠밀어서 한 결혼은 아니니, 그에게 어떤 떨림이 있어서 결혼했을 거다. LA에서 결혼한 김성아처럼 '내 속에 무엇이 들어 있는지, 무엇이 나를 지나갔는지 짐작도 하지 못하는', 이방의 남자 같은 사람이라서 흔들렸던 건 아닌지.

When
a child
is born

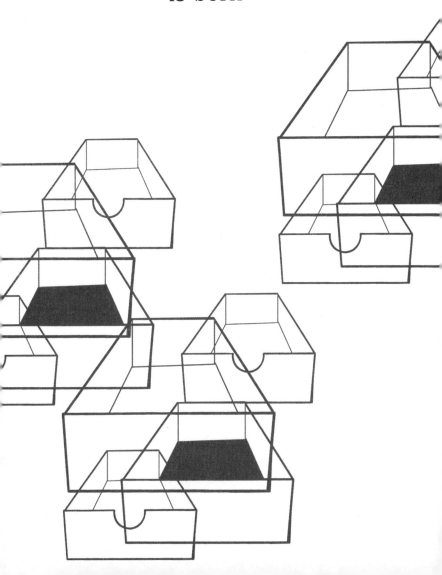

저녁 여섯시. 라디오를 향해 귀를 활짝 편다. 올드팝을 듣는 시간이다. 허명애는 십오 년간 거의 매일 저녁 이 방송을 듣고 있다. 올드팝이 서서히 흐르면 그 노래와 함께한 사람과 시간이 그리워지고 몇 번이나 생의 어느 시대로 쑥 빨려 들어갔다 나오곤 한다. 노래를 운반해주는 DJ의 목소리가 노을 지는 서편 하늘을 닮았다. 깊고 풍요로우면서도 애조를 띠고 있다. 그녀의 목소리에 지친 하루를 위로받고 삶의 누추함과 쓸쓸함을 다독이고 싶어서 사람들이 이 시간, 이 방송을 듣는 게 아닐까 싶다.

생소한 음악이 첫 곡으로 나온다. 이어서 흐르는 음악도 허명애가 모르는 곡이다. 젊어서부터 팝을 좋아했고 오랫동안

이 방송을 들어서 모르는 노래가 거의 없는데 오늘은 이상하다. 세번째 노래. 곡명 소개보다 먼저 음악이 깔린다. 아, 너무나 귀에 익은 허밍. 조니 마티스의 목소리다. 그의 허밍만으로 허명애는 금세 목이 터질 듯 뜨거워진다. 손질하던 전복을 싱크대에 내려놓고 가만히 식탁 의자에 앉는다. 노래가 사십 년도 더 지난, 오래전 그 방으로 허명애를 번쩍 안아다 놓는다. 허명애는 노래를 꽉 껴안은 채 노미란 선생 자취방에 가 있다. 노 선생 자취방의 오디오 옆에 허명애는 곧추세운 무릎을 두 팔로 감싸고 앉아 있다. 방문 옆에는 허명애와 같은 자세로 앉은 노 선생. 턴테이블에서는 영화 「나자리노」의 주제곡 「When a child is born」이 돌아간다. 가슴 저리게 하는 조니 마티스의 허밍이 흐른다. 영화에서는 허밍으로만 나온 곡인데 조니 마티스가 가사와 제목을 붙였다고 한다. 아르헨티나의 전설을 영화화했다는 「나자리노」를 노미란 선생과 허명애는 보지 못했다. 못 봤으니 영화가 명작인지 졸작인지 알지 못했다. 실컷 울고 난 뒤처럼 마음이 선하게 씻어지는, 처연하게 슬픈 멜로디의 주제곡이 좋아서 듣게 되었다. 눈앞에 보이는 것은 망연한 하늘과 때 없이 함부로 불어대는 바람과 과수원의 거친 나무들과 공부가 희망이 되지 않는 학생들이 대부분인 허허벌판의 학교에서 노미란 선생과 허명애는 그 노래로 암울함을 달랬다. 위리안치된 듯 벽촌에 고립되었던 시절, 입이 있어도 말할 수 없던 저 유신 시대, 끝이 언제일지 알 수 없는 어둠의 날들이었다. 당시 노 선생 방에 있던 레코드는 달랑 두 장이었다. 「나자리노」 주제곡이 수록되어 있는 것과 테너 엄정행의 「목련화」가 수록되어 있는 것. 때로 후식처럼 「목련화」를 듣기도 했다. 엄정행의 독특하고 화려한 바이브레이션을 들으면 꽃차를 마신 듯 기분 전환이 되었다. 왜 베토벤이나 송창식 레코드를 사다 놓지 않았는지 모를 일이다. 두 사람이 감정을 나누기에는 「나자리노」 한 곡만으로도 충분하고 넘쳤던 걸까.

허명애는 노미란 선생 집으로 퇴근하는 날이 많았다. 가정과 교사인 노 선생은 뚝딱 맛있는 저녁밥을 차려냈다. 자취 여교사 열 명 중 냉장고 있는 사람은 노 선생뿐이었다. 다른 교사들 방의 살림살이는 찍어놓은 듯 똑같았다. 백열등 아래 앉은뱅이책상과 책 몇 권, 비키니 옷장, 라디오, 알람 시계, 밥통, 요강…… 밤에 촛불을 들고 변소에 가야 하니 요강은 필수 중의 필수였다. 새마을운동으로 지붕은 개량되었으나 변소에 등을 매단 집은 드물었다. 노 선생은 라운드 테이블과 냉장고, 오디오를 갖춘 부르주아였다. 허명애는 노 선생 냉장고의 혜택을 가장 많이 봤다. 얼음 띄운 수박화채도, 시원한 미숫가루도, 싱싱한 김치도 그 방에서 누린 호사였다.

허명애와 노미란 선생은 저녁을 먹은 뒤 초이스 커피를 마시면서 「나자리노」의 주제곡을 들었다. 세운 무릎을 두 팔로 끌어안고 그 위에 얼굴을 묻었다. 몇 번을 들어도 성에 차지 않았다. 슬픔이 극에 달할 때까지 들었다. 창호지 문의 바깥이 어두워지는 줄도, 무릎이 젖는 줄도 몰랐다. 노 선생이 건네준 또 한 잔의 초이스 커피를 마신 뒤 허명애는 일어섰다. 바래다 준다고 노 선생이 따라 일어섰다. 노 선생 집과 허명애 집 사이에는 기찻길이 놓여 있었다. 밤이 늦은 날은 철길까지만 바래다주고 시간이 이르면 철길 너머 허명애 집까지 바래다줬다. 허명애 집에 가면 노 선생은 책상에서 책을 한 권 빼냈다. 경상북도 벽촌에 있는 그 학교에 내려갈 때 허명애는 두 박스의 책을 가져갔다. 그 책만 다 읽고 다시 서울로 올라가면 좋겠다고 생각했다. 책 박스가 쌓였지만 서울로 올라갈 일은 생기지 않았다. 책과 같은 높이로 외로움과 절망이 쌓였다.

책을 빼면서 노 선생이 물었다.

"이 액자 그림, 허 샘 아부지 그림이 진짜로 맞어예?"

"맞아요. 우리 아버지 그림이에요."

"한의사셨다면서예?"

"편찮으실 때 이 그림을 그리셨어요."

"그림에 대해 암것도 몰라도 이 그림 보면 가을 수수밭의 바람 소리가 들리는 거 같어예. 그럼 된 거 아입니꺼." 노 선생이 목소리를 높였다.

허명애가 대학을 졸업하자 이인숙이 시골 사립중학교의 국어 교사 자리를 알선해줬다. 너무 벽촌이어서 망설임도 있었지만 아버지가 안 계신 서울을 잠시 떠나 있고 싶었다. 허찬수는 허명애가 대학 4학년이던 해 여름에 세상과 작별했다. 자신의 의술을 펼칠 수 없었던 실패의 땅 서울을 영영 떠났다. 죽기 전 어느 날, 운신도 못하고 누워 있던 아버지가 필기도구를 달라는 손짓을 했다. 허명애의 동생 허명주가 종이와 연필을 대령했다. 아버지가 떨리는 손으로 화제(和劑)를 써내려갔다. 꿈에 할아버지가 주신 화제라고 했다. 자신의 화제로도, 병원 약으로도 아무 차도가 없어 그저 누워만 있던 아버지였다. 생전에 신통한 능력을 여러 번 보인 할아버지였으니 허명애의 엄마 김이순은 어떤 계시라고 받아들였다. 김이순은 약재들을 꺼내 화제대로 약을 지었다. 허명애 가족들은 모두 약을 지을 줄 알았다. 저울질도 잘하고 첩약도 잘 쌌다. 허명애는 국민학교 때 아버지의 약장에서 한자를 배웠다. 아버지가 알려주는 대로 약장에서 약을 꺼내는 심부름을 하다 보니 산수유, 당귀, 구기자, 백복령, 숙지황 등을 읽게 되었다. 가족들은 할아버지가 주신 화제로 아버지가 짠, 하고 일어나리라 믿었다. 그러나 할아버지는 나사로를 살린 예수가 아니었다. 허찬수에게 기적은 일어나지 않았다. 며칠 뒤 또 연필을 달라고 한 아버지는 '起立'이라고 썼다. 허명애와 동생 허명욱이 부축하여 일으켰다. 아버지는 창밖을 보고 싶다고 했다. 그는 창틀에 기대어 한동안 창밖을 내다봤다. 창밖에는 세숫대야만 한 해바라기와 백일홍, 다알리아가 이들이들 핀 꽃밭이 있었다. 허명애 엄마가 한약 찌꺼기를 주어 가

꾸는 꽃밭이었다. 허명애 집에서 이들이들 기름진 건 꽃밭뿐
이었다. 해바라기 위로 파란 여름 하늘이 있었지만 허찬수의
눈에 마지막으로 담긴 게 무엇이었는지는 알 수 없다. 다음
날 아침 허찬수는 일어나지 못했다. 눈감은 허찬수의 얼굴은
대리석처럼 차고 희었다. 성인(成仁)한의원 원장 허찬수의
마지막 얼굴이었다. 언젠가 감기 환자에게 허찬수가 약 두 첩
을 지어줬다. 저녁거리가 없는 김이순이 한의원에 나왔다가
"네 첩은 지어주지, 두 첩이 뭐예요. 저녁쌀도 없는데⋯⋯"
하고 남편에게 눈을 흘겼다. "두 첩이면 될 환자에게 어떻게
네 첩을 지어줘. 좀 기다려봐. 개똥밭에도 이슬 내릴 때가 있
다잖아." 허찬수가 대답했다. 한의원 바로 옆에 다방이 있었
다. 허찬수는 그 다방에 가서 '나름대로 멋을 부린' 마담과 노
닥거리며 '도라지 위스키 한 잔'은커녕 달달한 커피 한 잔을
못 마셔봤다. 그렇게 살았건만 머리가 깨지도록 가난했다. 그
가 서랍 속에 남긴 건 수수 그림 열댓 점과 뜯지 않은 '명랑'
여섯 통이었다. 허명애는 아버지 사진 대신 수수 그림 한 장
을 챙겨 시골 학교로 내려갔다.

부임 첫해에 허명애는 여교사들과 잘 어울리지 못했다. 그
들 쪽에서 허명애를 배척했다. 서울에서 왔다는 이유였다.
그 학교 개교 이래 서울 선생은 처음이라 했다. 서울에서 온
국어 교사는 교장과 학생들에겐 귀하고, 교사들에겐 눈엣가
시 같은 존재였다. 학생들은 '그리워라'를 '거리워라'라고 읽

지 않고 '그리워라'라고 읽는 서울 선생을 병아리들처럼 따라다녔고 그런 학생들을 향해 여교사들은 몽둥이를 휘둘렀다. "이누무 새끼들, 서울 사람이 그리 존나! 똥창을 확 차버릴라!" 노 선생 또한 다른 교사들처럼 허명애를 힘들게 했다. 수업이 없는 시간에 허명애가 교무실에서 책을 읽고 있으면 책상을 넘겨다보며 이기죽거렸다.

"허 샘, 눈 아프게 책은 와 그리 봐예. 책 보면 누가 잘났다고 함니꺼? 나는 책 보는 사람 짜드라 안 좋아예."

"노 선생은 팔 빠지게 뜨개질은 왜 그리 해요? 뜨개질하면 누가 잘났다고 해줘요?" 허명애는 쉬지 않고 손을 놀리는 노미란 선생에게 책상 너머로 대꾸했다.

"책 읽으면 남는 게 뭐 있습니꺼. 뜨개질하면 결과물이 있잖아예. 나는 국문과 가는 사람처럼 실없는 사람은 세상에 없는 거 같데예."

허명애는 아무 말도 하지 못했다. 책 읽으면 남는 게 뭐 있냐고 묻는 교사한테 무슨 말을 하랴. 아닌 게 아니라 나중에 가서 본 노 선생 방에는 뜨개질로 생긴 결과물들이 넘쳐났다. 밥통, 턴테이블, 선풍기, 냉장고, 비키니장 등이 모두 하얀 구정 뜨개실로 짠 레이스 소품들로 숨도 못 쉬게 덮여 있었다. 무엇보다 압권인 것은 테이블보였다. 방바닥까지 길게 툭 떨어진 하얀 레이스 테이블보를 덮고 있는 라운드 테이블이 얼마나 도도하던지. 흙냄새 나는 방구석에 두기엔 너무 아까웠다. 어쨌거나 뜨개질해서 남는 게 많긴 했다. 그러면 책 읽어서 남는 건 뭘까. 책꽂이에 늘어나는 헌책 외에 무엇이 남는다고 말해야 노 선생이 책을 한 권이라도 읽어보려나. 국문과가는 사람처럼 실없는 사람은 세상에 없는 것 같다고 말하는노 선생이니. 책을 읽으면 네가 그 자리에 가만히 앉아서도세상 어디든 못 가는 데가 없다고 말해주고 싶었으나, '먼 디가서 뭐 함니꺼?' 할까 봐 그만두었다.

부임 일 년이 다 되어가는 늦가을 금요일이었다.

"허 샘, 내일 서울 갈라카는데 함께 갈 수 있어예?" 노 선생이 허명애에게 물었다. 마침 허명애가 서울 올라가는 토요일이었다. 가뜩이나 바람도 많고 소문도 많은 벽촌의 학교생활에 적응하기 힘든데, 여교사들에게 배척을 받으니 허명애는 월급봉투 들고 서울 올라갈 월말만 기다렸다. 노 선생과의서울행이 불편하겠지만 안 올라갈 수도 없었다. 허명애보다더 월말을 기다리는 엄마가 있으니.

허명애네는 아버지가 세상 떠난 뒤 바로 이사했다. 엄마가김칫거리를 이고 지고 미아리고개에 오르기 힘들다고 하여평지로 내려앉았다. 결혼한 셋째 딸네 옆이었다. 허명애 형제들은 학자금 대출로 하나하나 졸업하고 취직을 했다. 허명진은 대기업 홍보실에, 방위 복무를 마친 허명욱은 국책은행에입사했다. 막내 허명주는 몇 해 뒤에 보험회사 기획실에 취직이 되었다. 김이순은 비로소 자식들에게서 생활비를 받게 되었다. 김이순은 자식들에게서 생활비 받는 그 맛이 세상 어떤 맛보다 달콤하고 짜릿했다. 언제 끼니 걱정을 했나 싶게 주머니에 돈 떨어지는 날이 없었다. 적은 돈이지만 저축을 하게 되었다. 시골 선생이 올라오는 월말이면 자식 일곱이 김이순 무릎 앞에 다 모였다. 김이순은 짧았던 그 시절을 인생에서 가장 화려한 날들로 기억했다. 서울로 이사한 남편을 무던히도 원망했지만 남편이 옳았다. 부모가 역전하는 길은 자식밖에 없었다. 자식은 무조건 대처에서 잘 가르쳐야 했다. 그러니 개똥밭에 내린 이슬을 못 보고 간 남편이 불쌍하고 안타까웠다. 김이순은 주머니에 돈이 들어올 때마다 남편 생각에 눈물을 질금거렸다. 월말이 다가오면 객지 바람에 비쩍 마른 딸을 기다리며 또 눈물을 질금거렸다.

허명애는 노미란 선생과 함께 기차를 탔다. 엄마가 일찌감치 버스 정류장에 나와 기다릴 터였다. 옆자리의 노 선생은 부지런히 코바늘을 움직였다. 허명애는 눈을 비비며 책을 읽었다. 두 사람은 가끔 옆자리를 향해 "팔 안 아파요?" "눈 안 아퍼예?" 묻고는 다시 하던 일을 계속했다. 다음 날 허명애는 서울역에 책을 한 권 사서 들고 나갔다. 모처럼 서울에 온 노 선생을 위한 선물이었다. 그녀가 그걸 읽으리라는 기대는 전혀 하지 않았지만 꼭 사주고 싶었다. 책을 읽으면 남는 게 뭐냐고 묻는 노 선생이 머리에 쥐 나지 않고도 재미를 느낄 수 있는 작품이라 생각했다. 당시 『경향신문』 장편소설 공모에 당선된

강유일 작가의 『배우수업』. 문장이 단문이라 읽기 쉽고 소재도 새로웠다. 문학성이 있으면서 대중성도 있어 베스트셀러가 된 책이었다. 『배우수업』을 받아 든 노 선생이 물었다.

"이거이 뭐라예?"

"선물이요."

"뭔 선물예?"

"서울 온 기념. 딱 네 페이지만 읽어보고 집어던져요."

사흘 뒤 퇴근 준비하는 허명애에게 노 선생이 다가왔다.

"허 샘, 오늘 우리 집에 가입시더." 허명애는 그녀의 자취방에 딱 한 번 간 적이 있었다. 여교사 몇 명이 함께 들러 차가운 식혜를 대접받았었다.

"무슨 일 있어요?"

"밥 먹자구예."

노 선생 방의 하얀 레이스 보 덮인 테이블 위에 『배우수업』이 놓여 있었다. 책이 우아한 테이블 위에 놓인 걸 보니 일단은 안심이 되었다. 슬쩍 보니 고이고이 모셔둔 새 책 상태는 아니었다. 소고기미역국에 고들빼기김치로 저녁을 대접한 노선생이 눈길을 『배우수업』에 보냈다.

"뭔 책이 이래예?"

"왜, 책이 뭐라고 해요?"

"숨도 못 쉬고 읽었다 아입니꺼."

"네 페이지만 읽고 던지랬더니 다 읽어버렸어요? 반칙했네."

"허 샘이 맨날 눈 아프다 카면서 책 읽는 이유를 알았어예. 앉은자리에서 딴 세상 갔다 왔네예."

"남는 게 있었어요?"

"머리가 무거버 들지도 못하겠어예." 노 선생이 머리를 방바닥에 처박는 시늉을 했다. 허명애는 끙끙대며 그 머리를 두 손으로 받쳤다.

그 뒤로 허명애는 노미란 선생 방의 단골손님이 되었다. 저녁을 얻어먹었고 초이스 커피를 마셨고 「나자리노」를 들으며 무릎을 적시게 되었다. 노 선생이 허명애 집에서 책을 빌리는 횟수가 점점 늘었고 뜨개질 횟수는 팍 줄었다. "작가들이 빚 독촉하듯 자꾸 독촉을 하네예. 자기 책 읽으라구." 허명애는 작가들에게 독촉당하는 노 선생에게 처음에는 한국 문학을, 나중에는 세계 문학을 빌려줬다. 노 선생은 말과는 달리 이미 글구멍이 열릴 준비가 다 되어 있던 사람이었다. 노 선생은 『데미안』을 읽기도 전에 알을 깨고 나왔다. 급기야 노 선생 입에서 이런 말이 나왔다. "허 샘, 나 대학원 가고 싶네예. 국문과 가고 싶심더."

'이 친구는 나중에 소설 쓰면 좋겠다'던 이인숙 아버지의 한마디 말이 허명애가 문학을 품는 데 씨앗이 되었듯, 그때 사춘기였던 제자들 중 허명애의 한마디로 인생의 진로를 확정한 아이가 하나라도 있는지는 모르겠다. 하지만 허명애는 확신했다. 교사 한 사람의 마음밭을 뒤흔들어놓은 건 확실하다고. 그 마음밭에 수많은 작가들의 속삭임과 채근이 뿌리를 내려 그 뒤 노미란 선생은 뜨개질만 하면서 살지는 못했을 터이다.

라디오에서 「나자리노」 주제곡이 끝나가고 있다. 음악은 힘이 세다. 그리운 사람을 순식간에 그 시대의 사람으로 만들어 눈앞에 불러다 놓으니 말이다. 「나자리노」가 아니었다면 이토록 간절하게 노미란 선생을 그리는 순간을 맞지는 못했을 거다. 엄밀히 말하면 그때 두 사람을 서로에게 깊숙이 들어가게 얽어준 건 「나자리노」가 아니라 몇 권의 책이었을 것이다. 노 선생이 책 읽는 사람이 되고, 함께 읽은 책 한 줄에서 희망을 본 것이 유형지 같던 그곳에서 두 사람을 견디게 했고, 그 연장선에서 「나자리노」를 만났으니까.

노미란 선생도 어디선가 「When a child is born」을 듣는다면 한달음에 그 방으로 달려가리라. 지나간 건 사라진 게 아니고 지금의 우리를 이루었으니.

그리운 사람을 그리워할 수 있는 저녁이다.

청산리
벽계수야

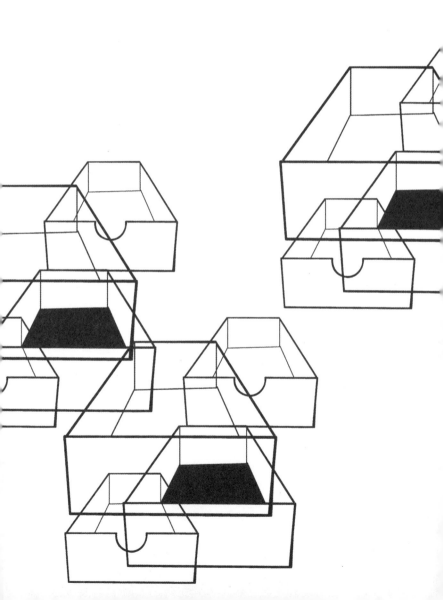

김평소는 학기 마지막 수업에 출석하지 않았다. 다음 학기에도 수업을 듣는다고 했으니 허명애는 다음 주에는 그를 볼 수 있으리라 믿었다. 한데 새 학기가 시작되었어도 그는 나타나지 않았다. 한 회원이 물었다. "짝꿍이 왜 안 와요?" 시조창 반의 회원들은 동기인 허명애와 김평소를 짝꿍이라 불렀다. 시조 잘하는 기존 회원들 속에서 신입끼리 의지하며 옆자리에 앉았더니 그리 불렸다. 두세 주가 지나도 김평소는 등록하지 않았다. 지난 학기 마지막 수업 전에 허명애와 시청역에서 헤어진 그에게 무슨 일이 생긴 걸까. 허명애는 그의 연락처를 몰랐다. 사무실에 알아보면 알 수 있겠지만 쓸데없는 오해를 받을 수 있고, 무엇보다 반드시 알아야 할 이유가 없었다. 한낮에 미친 추억을 주고 사라진 김평소지만 그렇다고 어쩔 건가.

강 여사가 옛 동료들을 집으로 초대했다. 강 여사는 허명애의 대학 시절 출판사에서 함께 일했던 동화 작가다. 결혼한 지 얼마 안 되는 그녀를 편집장이 강 여사라고 부르니 직원들도 강 여사님이라고 불렀다. 여사라고 불리기에는 젊은 나이였다. 대학 졸업반이던 허명애보다 일곱 살이 많았다. 당시의 동료들은 이미 오래전에 타 출판사로 옮겼거나 다른 일을 찾아 뿔뿔이 흩어졌지만 그 후에도 그리워하며 종종 만나고 있었다. 강 여사는 주택을 사서 이사하자마자 옛 동료들을 점심식사에 초대했다. 식사를 마치자 동료들은 자연스레 함께 일하던 그때 그 집, 그 정원, 정원에서 듣던 강 여사의 노래 아래로 슬슬 모였다.

주택가 깊숙한 골목의 이층 양옥을 개조한 출판사에는 사장이 마음으로 가꾸는 정원이 있었다. 연못에는 수련과 자줏빛 꽃창포가 꽃잎을 활짝 열었고 돌담 밑으로는 작약과 수국이 피었다. 커다란 등나무에는 보랏빛 등꽃이 촘촘히 매달려 커튼처럼 흔들렸다. 강 여사와 허명애는 봄날 점심을 먹은 뒤 곧잘 커피잔을 들고 등나무 아래로 갔다. 커피잔에 떨어지는 보랏빛 등꽃을 만나기 위해서였다. 등꽃은 어쩌다 누군가의 커피잔에 꽃잎 하나를 떨어뜨려주었다. 봄날의 작은 시혜이

듯. 보랏빛의 그 짜릿한 시혜를 찾아 강 여사와 허명애는 등꽃 아래로 갔다. 여름에는 우거진 등나무 줄기와 잎이 나무 받침대 위에 두꺼운 지붕을 만들었다. 그 아래에는 서늘한 그늘이 생겼다. 직원들은 그 그늘로 피서를 갔다. 뜨거운 선풍기 바람의 실내보다 그곳이 나았다. 그곳은 때로 무대가 되기도 했다. 여건이 좋을 때 강 여사는 등나무 아래에서 노래를 불렀다. 그녀는 성악을 전공하지 않았지만 웬만한 소프라노 못지않았다. 강 여사가 노래를 부르면 다른 부서 직원들까지 의자에 둘러앉았다. 모두 1열 VIP석이었다. 그녀는 주로 오페라의 아리아를 불렀다. 헨델의 「울게 하소서」, 푸치니의 「어떤 갠 날」 같은 아리아였다. 반주도 없이 그녀는 맑고 높은 소리로 노래했다. 크리스마스에 「Oh Holy Night」을 불렀는데 허명애는 그 뒤 어디서도 그런 성스러운 캐럴을 들어보지 못했다.

동료들이 그 집 정원 이야기를 한창 하고 있으니 강 여사가 나섰다.

"그럼 제가 노래 하나 할까요?"

"어, 좋지요." 동료들이 박수로 답을 했다.

"그럼 요새 배운 노래 한 가락 할게요." 강 여사가 거실 바닥에 양반 자세로 앉았다. 허명애는 고개를 갸우뚱했다. 아리아를 부르려면 서서 할 텐데. 잠시 후 강 여사의 입에서 흘러나온 건 오페라 아리아가 아니었다. "동짓달 기나긴 밤을 한 허리를 버혀내어……" 황진이의 시조에 곡을 붙인 시조창이었다. 그녀가 시조창을 하리라고는 짐작도 하지 못한데다 그 음악의 신선함에 놀라 동료들은 얼떨떨한 얼굴로 노래가 끝날 때까지 숨을 죽이고 있었다. "춘풍 이불 아래 서리서리 넣었다가/어룬 님 오시는 날 밤이어든 굽이굽이……" 그러고 보니 강 여사의 의상이 엷은 주홍빛 개량한복이었다. 아리아에는 어울리지 않는 옷이었다. 목욕탕에서 노인들이나 하는 거라고 생각했던 시조창이 이토록 그윽하고 매력적인 음악이었나? 허명애뿐 아니라 다들 그런 생각에 빠진 표정이었다. 게다가 그렇듯 맑고 높은 소프라노의 시조창은 들어보지 못했다. 초장 중장 종장의 짧은 평시조가 곡을 입으니 어디다 내놓아도 빠지지 않는 격조 있는 클래식 음악이 되었다.

"언제 시조창을 배운 겁니까? 강 여사 목소리로 불러서 이렇게 좋은 건가요?" 노래가 끝나자 편집장이 먼저 입을 열었다.

"한 이 년 공부했어요. 처음엔 쉽게 생각했는데 점점 어렵네요. 요즘 여창 가곡을 시작했어요. 그건 더 어려워서 끝까지 할 수 있을지 모르겠어요. 선생님은 열심히 해서 전수자 되라고 하지만 동화도 써야 해서……"

이후 허명애는 「동짓달 기나긴 밤을」이 주는 깊은 여운으로 며칠을 살았다. 황진이의 시조 또한 읽어볼수록 명시였다. 셰익스피어의 소네트 수천 편을 가져와도 황진이의 「동짓달 기나긴 밤을」 시 한 편과 바꾸지 않겠다던 피천득 시인의 글도 생각났다. 그러던 차에 어떤 기사를 읽게 되었다. 모 신문사에서 시조 창작과 시조창 강의를 한다는 기사였다. 아는 만큼 보인다는 말이 딱 맞았다. 전 같으면 눈에 뜨일 리 없는 기사다. 허명애는 그날로 시조창 반에 등록했다. 자신의 껄끄러운 목소리 같은 건 고려하지 않았다. 초등학교 고학년이 된 아이들이 하교하기 전에 다녀올 수 있는 시간대여서 그것만 고마웠다. 시조 배우러 간다고 하니 남편은 당연히 시조 창작으로 알아들었다. 굳이 정정할 필요가 없어 응, 했다. 시조창을 한다고 하면 허명애처럼 남편도, 남탕에서 시조창 하는 노인을 떠올릴 거였다.

시조창 반에 신입 회원이 다섯이었다. 이미 몇 학기씩 수업을 듣고 있는 기존 회원들이 이십여 명 되었다. 수업은 일주일에 한 번, 3개월이 한 학기로 되어 있었다. 여창 가곡의 명창이 강의를 했다. 첫 시간 수업은 황진이의 「청산리 벽계수야」였다. 평시조는 한 곡만 배우면 어떤 곡이든 부를 수 있다고 했다. 같은 곡조에 시조만 대입하면 된단다. 「청산리 벽계수야」를 배우면 「동창이 밝았느냐」도 부를 수 있고 「동짓달 기나긴 밤에」도, 「태산이 높다 하되」도 부를 수 있는 거였다. 그게 평시조의 매력이었다.

명창이 「청산리 벽계수야」를 한번 불러 들려주었다. 평평하게 부르는 곳이 있고 고음의 가성으로 부르는 곳, 음을 떨며 저음으로 툭 떨어뜨려 부르는 곳도 있었다. 호흡도 길고

기교가 많아서 할 수 있을까 싶었다. 명창이 장구 반주를 하며 초장의 앞부분을 선창했다. "청살리 벽계수야~~" 회원들이 따라서 불렀다. 수없이 되풀이하여 그 부분을 불렀다. '청살리~~'를 부를 때 '청사~~'는 높고 시원하고 청청하게 뽑고 '알~~~리'의 음은 저음으로 몇 단계로 떨며 떨어뜨리는데, 그 부분이 상당히 멋지고 매혹적이었다. 시조창의 맛은 고음의 가성과 저음으로 떨며 떨어뜨리는 데 있는 것 같았다. 배운 부분을 몇 명 선창시켰다. 구 회원들을 먼저 부르게 했다. 소리가 활달하고 쭉 뻗는 느낌은 있었으나 강 여사의 시조 맛은 없었다. 한나절 배운 사람이 십 년 배운 사람을 평할 수 있는 게 시조라고 명창이 말하더니, 십여 분 배운 허명애의 귀에 소리의 맛이 들렸다. 맨 앞자리에 앉은 허명애도 선창을 하게 되었다. 여럿이 할 때는 자신 있게 음을 냈는데 막상 혼자 선창을 하려니 소리가 기어들어갔다. 명창이 음정 박자가 정확하다고 칭찬을 해줬다. 다만 자신감이 없어 소리가 작고 힘이 없다고 했다. 시조마다 다른 느낌으로 부르는데 이 시조는 소리가 창창해야 한다고. 황진이가 벽계수를 유혹하는 시조이니 소리가 서정적이면서도 당당해야 하지 않겠냐고 했다. 허명애 다음 순서로 신입 회원 김평소에게 선창을 시켰다. 그는 우렁찬 목소리로 불렀다. 명창이 웃었다. "자신감이 넘쳐 소리는 탱탱한데 박자가 안 맞네요. 박자에 좀 더 신경을 써보세요." 뒤에 앉은 누군가 말했다. "신입 두 사람을 합쳐서 반 나눠야겠네."

한 학기가 끝나가고 있었다. 그동안 신입 회원 세 명이 떨어져 나갔다. 시조창이 어렵고 재미없어서 중도 하차한 것일 터였다. 살아남은 건 음정 박자 정확한 허명애와 자신감 넘치는 김평소였다. 수업을 3개월 하며 평시조 몇 곡을 배웠다. 「이화에 월백하고」도 부르고 「동짓달 기나긴 밤을」도 불렀지만 강 여사의 시조는 흉내도 낼 수 없었다. 듣는 이의 가슴에 파고드는 노래의 힘이 때로는 가수의 가창력보다 목소리에 있듯이 시조도 그런 것 같았다. 목소리가 맑아야 시조의 서정적이고 애절한 맛이 살았다.

그날도 허명애와 김평소는 함께 덕수궁 대한문 앞을 지나가게 되었다. 시청역에서 지하철 2호선을 타는 두 사람은 지난 3개월간 그 길을 지나다녔다. 기존 회원들은 수업이 끝나면 명창을 모시고 뒤풀이를 갔다. 허명애는 아이들이 하교할 시간이라 함께하지 못했다. 시조창 얘기도 더 듣고 회원들과 친교도 하고 싶었지만 빨리 가서 아이들을 학원에 보내야 했다. 을지로 3가에서 자영업을 한다는 김평소도 부지런히 가게로 가야 한다고 했다. 아내 혼자 가게를 지키고 있다는 거였다. 무슨 가게냐고 물어보지는 않았다. 둘 다 기혼이라는 것과 나이, 다음 학기에도 등록을 하리라는 것 외에는 서로에 대해 아는 게 없었다.

대한문 앞을 지나쳐 몇 걸음 걷던 김평소가 허명애를 불렀다.

"허명애 씨요." 그는 허명애를 부를 때 이름 뒤에 꼭 '요'를 붙였다. 허명애가 몇 살 많아서 그러는 듯했다.

"네?"

"우리 덕수궁에 들어가서 시조 한 가락 뽑고 갈까요?"

"시조요?"

"석조전 뒤편에는 사람이 없어요. 오늘 평일이고 더워서 더 조용할 텐데."

"그럴까요?"

허명애는 아이들도 잊고 그리 대답했다. 김평소가 허명애의 대답에 놀란 듯 되물었다.

"정말이요? 정말 시조 한 가락 하고 갈래요?"

허명애가 그렇게 선뜻 긍정적인 대답을 할 줄은 전혀 기대하지 않았던 모양이다. 허명애는 대답을 해놓고 아차, 싶었지만 한편으로는 정말이지 덕수궁에서 시조를 해보고 싶었다. 잘 알지도 못하는 남자와 단둘이 덕수궁 뒷마당에서 시조를 한다는 건 미친 짓이었다. 그럼에도 선뜻 응한 건 미친 짓을 할 그런 기회가 인생에 다시 없을 것 같아서였다.

김평소가 입장권을 샀다. 덕수궁 안에는 관람객이 별로 없었다. 미술관에도 전시가 없는지 한가했고 분수대의 물개가 게으르게 물을 토하고 있었다. 허명애와 김평소는 한가로운 분수대 옆을 분수보다 더 한가한 사람들처럼 느릿느릿 걸었다. 이미 초가을로 접어들었지만 날이 뜨거웠다. 분수대 주변의 배롱나무꽃도 아직 붉었다. 김평소가 앞장서서 석조전 뒤뜰로 갔다. 석조전 뒤뜰은 고궁의 가을 자취가 그림자로 드리워 고졸한 느낌이었다. 김평소의 말대로 그곳에는 사람이 없었다. 허명애와 김평소는 벤치에 앉았다. 둘 사이에 두 사람은 더 앉을 공간을 두었다. 어색한 침묵이 둘 사이의 공간을 한동안 들락날락했다. 괜한 짓을 했나, 허명애가 후회할 즈음 김평소가 입을 뗐다.

"허명애 씨요. 사람 없어 시조 할 만하지요? 수업 때 보면 정확하게 하시던데 한 곡 해보세요."

"저보다 잘하시잖아요. 먼저 하세요. 전 목소리도 안 좋고 못해요."

"시작하시면 저도 거들지요."

"누가 지나가면 넋 나간 사람들이라고 하지 않을까요?"

"그 누구에겐 아마도 잊지 못할 미친 추억이 되겠지요? 하하……"

"그럼 동시에 해요. 청산리 벽계수를 해볼까요?"

"그럽시다."

허명애는 엄살을 떨었지만 적어도 서너 곡은 뽑을 각오를 했다. 3개월쯤 되니 제법 자신감이 생겼다. 집에서 CD 틀어놓고 연습도 많이 했다. 남편과 아이들이 없는 시간에 시조창을 불렀다. 현관의 벨 소리를 못 들을 만큼 크게 CD를 틀어놓고 연습하다가 결국 남편에게 들켰다. "제발 그놈의 청살린지, 동짓달인지 좀 그만해." 남편과 아이들은 허명애의 시조에 고개를 내저었다. 허스키한 대로 개성이 있다고 회원들은 말했지만 가성을 내기 힘들어 허명애는 애가 탔다. 강의 시간에 허명애가 선창하면 잘한다고 명창이 칭찬했다. 다만 내면에서 흥이 우러나지 않는 게 흠이니, 흥을 내보라고 했다. 예술에는 자신만의 흥이 있어야 한다고. 허명애는 그게 무슨 말인지 알아들었다. 흥이 없는 건 집안 내력이다. 할아버지 대부터 술을 한 잔도 못 마시는 집안이라 흥하고는 담을 쌓은 가족이다. 술 없이 흥을 논할 수야 없지 않나. 명절에 가족들이 모여도 샌님처럼 맨송맨송하게 앉았다가 헤어진다. 허명애는 가슴에 문학을 품었다는 사람이 술을 한 잔도 못 마신다는 게 늘 콤플렉스였다. 그런데 흥이 없는 게 시조에도 나타난다니 세상에는 숨길 수 없는 것이 너무 많았다. 사람들은 겹겹의 옷을 입고 있지만 눈 밝은 어떤 이 앞에 벌거벗은 존재인지도 모르겠다.

김평소도 그동안 시조가 많이 늘었다. 일단 박자를 잘 맞췄다. 무엇보다 그는 온몸에서 흥이 나왔다. 무슨 일을 하는지 몰라도 흥이 많은 사람이었다. 덩치가 커서 그런지 목소리도 우렁차고 발음도 좋았다. 「태산이 높다 하되」 「동창이 밝았느냐」 같은 시조를 하면 여운이 길게 남고 잘 어울렸다.

"청살리 벽계수야 수이 감을 자랑마라" 두 사람은 조심스레 초장을 불렀다. 크고 평평한 소리로 시작하여 저음으로 떨어뜨리며 소리를 떨고 긴 호흡으로 소리를 끌었다. 장구 대신 무릎장단을 쳤다. 강의실에선 명창이 장구 반주를 해줬다. 신나는 무릎장단에도 불구하고 두 남녀의 목에서 나온 건 매가리 없는 쉰 소리였다. 허명애의 소리는 그렇다 쳐도 우렁찬 김평소의 목에서 왜 그런 소리가 나는지 이해할 수 없었다. 두 사람이 지른 소리는 목에서 나오는 대로 연기가 된 듯 고궁의 넓은 뜰로 흩어져버렸다. 두 사람이 시조창을 한 흔적이 없었다. 자신이 낸 소리를 귀로 듣고 즐기며 다음 소리를 낼 기운을 주지 않았다. 강의실에서는 지른 소리가 공간에 맴돌며 남아 있어 제가 부른 시조창 소리를 들을 수 있었다. 허명애는 당황하여 김평소를 바라다보았다. 김평소도 허명애의 얼굴을 바라다봤다. 당황하기는 김평소도 마찬가지인 모양이었다. 두 사람은 서로의 얼굴을 일별하고는 목을 가다듬고 중장을 불렀다. "일도창해하면 돌아오기 어려우니" 두 사람의 소리에는 여전히 한 가닥의 힘도 들어 있지 않았고 목소리는 탁하고 메마르기 그지없었다. "명월이 만공산하니 쉬어간들 (어떠리)" 있는 힘을 다 끌어모아, 황진이가 벽계수를 잡는 심정으로 종장을 불렀다. '명월이'의 높은 가성은 허명애가 가장 좋아하는 부분인데 김평소도 허명애도 가성을 내지 못했다. 헉헉대며 흉내만 냈다. 종장의 마지막 3음절은 가락을 맞추기 위해 통상 생략한다. 종장까지 다 부르고 나니 허명애는 고궁

의 적막한 아름다움에 생채기를 냈다는 부끄러움으로 석조전
의 이오니아식 기둥 뒤에 몸을 숨기고 싶었다. 음정도 안 맞고
박자도 처지고 힘도 빠진, 그야말로 꾀죄죄하기 그지없는 시
조였다. 더는 해볼 용기가 나지 않았다. 민망하고 실망한 마음
에 두 사람 모두 기진맥진했다. 석조전 뒤뜰에 울려 퍼지는 자
신들의 시조창에 감동하며 얼굴에 홍조를 띤 그림을 기대하고
덕수궁에 왔을 테니 참으로 가당찮은 일이었다.

"왜 이 모양이지요? 수업 중엔 그럭저럭 따라 했는데."

"제가 오자고 해서 죄송하네요. 강의실에서는 소리가 공명
되어 잘하는 듯이 들렸던 모양입니다. 어디 가서 시조 한다는
얘기했다간 큰 망신 당하겠어요. 그나마 사람이 없어서 다행
입니다. 시조는 실패했으니 제가 태평소나 한번 불어볼까요?"

"태평소요?"

"제 이름이 평소 아닙니까. 우리 아버지가 태평소 부는 사
람이었어요. 일제강점기에 남사당패 따라다니며 태평소를 불
었어요. 남사당패는 독신 남자들로 이루어진 유랑 예인 집
단이잖아요. 일제강점기에는 남사당패의 인기가 꽤 많았답
니다. 사람들을 모아놓고 마을의 큰 마당이나 장터 같은 데
서 한판 놀이를 벌이면 다들 즐거워했다고 해요. 6·25전쟁
이 나자 남사당패가 전국으로 흩어졌고 그 인기도 사라졌다
지요. 아버지는 뒤늦게 어머니를 만나 저를 낳았는데 이름을
평소라고 지었다는군요. 어머니의 반대에도 불구하고 호적에

그렇게 올렸답니다. 아버지가 거문고를 탔으면 김거문고가
될 뻔했어요."

"아, 이름에 그런 사연이 있었군요. 궁금했는데."

"전 어려서부터 제 이름도 싫고 아버지의 태평소 소리도 듣
기 싫었어요." 김평소는 벤치에서 일어나 허명애 앞을 왔다
갔다 하며 말을 이어갔다.

김평소는 아버지 생전에는 태평소를 쳐다보지도 않았다고
한다. 그의 어머니도 마찬가지였다. 어머니는 남편의 태평소
를 어딘가에 감추기 바빴다. 장롱에, 찬장에, 뒤주 속에, 담
장 옆 명자나무 밑에, 헛간의 가마니 속에. 태평소가 어디에
있건 아버지는 귀신같이 찾아내 바람처럼 집을 빠져나갔다.
아버지는 결혼 후에도 유랑 시절을 그리워하며 풍물패를 찾
아 밖으로 돌았다. 아들이 자라고 있건만 아버지는 집안 돌
볼 생각은 하지 않고 평택이나 안성, 대전, 당진 등으로 옛 동
료들을 찾아 돌아다녔다. 한번 나가면 한참씩 돌아오지 않았
다. 아버지는 대전 장터에서 국밥집을 하는 처가에 얹혀살았
다. 어머니와 아버지가 만난 곳도 장터였다. 6·25전쟁이 나
기 전, 남사당패가 장터에서 큰 놀이판을 벌였을 때 구경 갔
던 앳된 아가씨가 태평소를 부는 덩치 큰 남자에게 한눈에 반
했다. 덩치도 크고 힘도 좋아 보이던 그 노총각을 몇 년 뒤에
아가씨의 아버지가 사위 삼았다. 국밥집 막일을 시킬 요량이
었다.

"집 나갔던 아버지가 보름 만에 집에 돌아왔어요. 오후 느지막이 대문에 들어서는 아버지에게 외할아버지가 재떨이를 냅다 던지며 소리 질렀어요. 난 남사당패를 사위로 둔 적이 없으니 나가게! 아버지는 마당에 서 있는 아들을 한번 쳐다보고는 그길로 집을 나갔지요. 그리고 다음 날 아침 뒷산에서 주검으로 발견되었습니다. 아버지 시신 옆에 태평소가 놓여 있었어요. 술을 잔뜩 마시고 뒷산에 올라 태평소를 불다가 심장마비가 온 게 아닌가, 경찰은 추정하더군요. 타살의 흔적은 없다고 했어요."

이야기를 하던 김평소가 벤치에 앉았다. 아버지의 주검이 떠오르는 듯 깊은숨을 쉬었다. 허명애는 어떤 말도 할 수 없어 두 팔로 제 몸을 감싸고만 있었다.

"이야기를 마저 할까요?" 김평소가 허명애를 바라다봤다.

"힘드시겠지만 마저 들려주세요."

"아버지 얘긴 다 했고 이제 제 얘기예요."

아버지가 세상 떠난 뒤 김평소는 며칠이나 아버지의 태평소를 만지작거렸다. 그는 고등학교 3학년이었다. 대체 태평소가 뭐길래, 하는 생각이 들었다. 김평소의 눈치를 알아챈 어머니가 태평소를 깊이 감췄다. 어차피 대학 갈 형편은 못 되었고, 김평소는 어머니 몰래 태평소를 배우러 다녔다. 처음엔 앵앵거리고 시끄러워 적응이 안 되던 태평소 소리가 강렬하면서도 화려하고 애절하기까지 한 음을 내는데 도저히 반

하지 않을 수 없었다. 유전자는 속일 수 없는 모양이었다. 어려서 아버지에게 배웠으면 좋았을 걸 그랬다는 후회가 들었다. 하지만 어머니도 부양해야 하고 결혼도 해야 해서 청년 시절엔 태평소를 본격적으로 배우지 못했다. 서른이 넘어 서울로 이사하면서 다시 배우기 시작했다. 그의 아내가 어머니처럼 태평소를 감추느라 바빴고 그는 아버지처럼 귀신같이 태평소를 찾아내 밖으로 나오곤 했다. 요즘 김평소에게는 꿈이 생겼다. 풍물패가 아니라 국악 밴드 같은 걸 해보고 싶은 꿈이다. 풍물 악기 중 태평소가 유일하게 가락을 부는 악기라서 밴드와 협주가 가능할 듯싶었다. 독주 시나위도 가능한 게 태평소다.

"태평소 독주 시나위, 얼른 듣고 싶네요."

"음량이 너무 커서 깜짝 놀라실 거예요. 소리가 하도 쩌렁쩌렁해서 국악계의 백파이프라고도 하죠."

김평소가 가방에서 태평소를 꺼냈다. 가까이서 보는 건 처음이었다. 생각보다는 짧고 굵은 관악기였다. 김평소는 일어서서 석조전 뒤쪽을 바라보며 자세를 취했다. 그는 리드를 관대에 끼우고 태평소를 불기 시작했다. 가락을 쥐락펴락하면서 고개를 흔들며 태평소를 부는 그는 아주 자유로워 보였다. 때로는 강렬하고 짱짱한 소리가, 때로는 우는 듯 애달픈 소리가 고궁의 하늘로, 석조전 지붕 너머로 퍼져나갔다. 그는 이름값을 충실히, 빛나게 해내고 있었다. 젊은 남녀 한 쌍이 바뺀 걸음으로 와서 김평소 맞은편에 멈춰 섰다. 관객이 생기자 그의 몸과 연주에 더 흥이 들어갔다. 고궁에서의 태평소 연주는 최고였다. 그보다 잘 어울리는 장소가 있을까. 원래 궁중에서 임금 행차 시 대취타에 쓰던 악기였으니 말이다. 김평소는 시조가 아니라 태평소를 불고 싶어 덕수궁에 왔는지도 모르겠다. 허명애도 좀전의 그 부끄러웠던 시조가 다 잊혔다. 청산리고 벽계수고 다 잊혔다. 오직 태평소의 애달픈 소리만 허명애의 가슴을 뛰게 했다. 연주가 끝나자 젊은 남녀가 "브라보!" 하며 손뼉을 쳤다. 허명애는 가슴에 모아 쥔 두 손에 힘을 주었다. "벅찬 감동입니다. 잊지 못할 추억이에요." 남자가 말하자 여자가 "감사합니다." 하며 깊이 고개를 숙였다. 그들이 떠나자 허명애가 말할 차례였다.

"무슨 말이 필요해요. 덕분에 제가 미친 추억을 갖게 되었는걸."

두 사람은 덕수궁을 나왔다. 얼굴이 상기된 김평소는 시청역에 도착할 때까지 아무 말을 하지 않았다. 허명애도 그냥 걸었다. 그의 행복을 흩트리면 안 될 것 같았다.

김평소가 수업에 나타나지 않자, 허명애는 그의 이야기를 쓰기 시작했다. 쓰지 않을 수 없었다. 석조전 뒤뜰에서 큰 소리로 울던 태평소 소리가 머릿속에서 떠나지 않으니 어떻게든 떨어내야 했다. 소설인지 뭔지 알 수도 없는 글이 원고지를 메워갔다. 시조창 소리가 한 가락씩 높아졌다 낮아졌다, 들락날락하면서 한가로이 고궁 마당에 퍼지는데 한 남자가 죽은 아버지를 품에 안고 홀린 듯 태평소를 불며 내달리고 있었다. 허명애는 숨 가쁘게 그 남자를 따라가며 글을 썼다. 마음에 맞은 화살을 빼내듯 소설을 썼다. 허명애 최초의 소설이었다. 12월에 신문사 신춘문예에 투고했다. 당연히 낙선했다. 오랫동안 짝사랑해온 사람에게 어떤 기척도 보이지 않고 있다가 어느 날 느닷없이 사랑 고백을 하고 'yes' 대답을 기대한다면 그건 염치없는 일이다. 그 뒤로 한동안 허명애는 소설 쓰는 걸 외면하고 살았다. 첫 소설을 쓰게 한 김평소도 잊었다. 텔레비전에 나온 국악 밴드에서 태평소를 부는 그를 보기까지. 텔레비전 화면에 나타난 그는 보기 좋은 체격에 턱수염을 둥그렇게 기른, 그럴듯한 예술인 풍모였다. 허명애는 첫 소설을 고쳐 쓰기 위해 오래전 원고를 꺼냈다. 김평소가 달려왔을 소망의 바람 속을 함께 달려보고 싶었다.

비탈리,
샤콘느

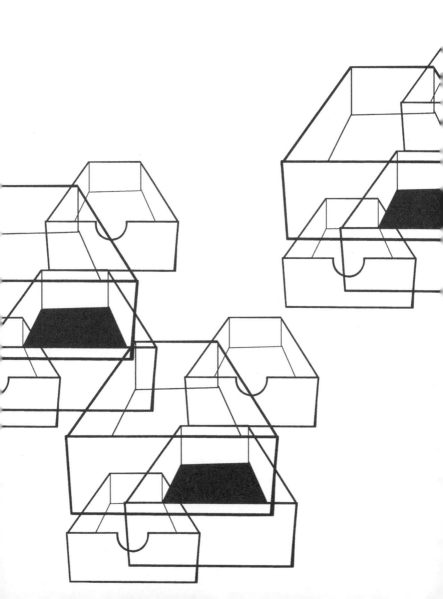

"나, 유방암 수술했어. 이 나이에도 유방암이 걸리네."

허명애가 한창 작품을 쓰고 있을 때 문우 이효수에게서 전화가 왔다.

"항암은 안 했어. 강진 백련사에 내려가서 몇 달 있을까 해."

이효수는 차분하고 태연했지만 허명애는 무겁고 우울했다. 이효수의 전화를 받은 후로 더 이상 글이 써지지 않았다. 그때 허명애가 쓰고 있던 소설이 하필 유방암 환자 얘기였다. 더구나 소설의 결말을 죽음으로 예정하고 있던 터였다.

백련사로 내려가는 이효수에게 허명애가 말했다.

"내가 용기 내서 한번 백련사에 가볼게. 구효서 작가의 「풍경소리」 읽은 뒤로 절에서 하루 자면서 풍경 소리 듣고 싶었거든."

　허명애는 이효수가 백련사로 내려가고 나서 왠지 마음이 더 편치 않고 조바심이 났다. 주위에 암 투병을 한 친척도, 지인도 여럿 있었지만 암 소식에 이토록 불길했던 적은 없었다. 요새는 의술이 좋은데다 모두 잘 이겨내어 건강하게 살고 있기에 암이 별것도 아니라고 여겼는데 그녀에겐 왜 그리 불길한 생각이 드는지 미안하기 짝이 없는 노릇이었다.

　이효수가 백련사에 가 있는 동안 허명애는 「샤콘느」를 자주 들었다. 바흐의 「샤콘느」도 있지만 비탈리의 곡을 들었다. 이효수가 슬픔을 희석시키기 위해 듣는다는 곡이었다. 허명애도 회오리처럼 일어나는 불안과 불안을 느끼는 미안함을 희석시키려는 마음으로 그 곡을 들었다. 비탈리의 「샤콘느」는 이효수의 작품에도 몇 번 언급되었다. 박정희 시절, 유신 반대 투쟁을 하여 쫓겨 다니던 그녀의 오빠 대신 엄마가 잡혀가 모진 고문을 당했고, 결국 붙잡힌 오빠는 극심한 고문을 당한 뒤 후유증에 시달리다 죽었다. 엄마도 고문의 충격으로 실성 상태에 있다가 일찍 세상을 떠났다. 그런 가족사를 지닌 이효수는 고문 희생자 가족의 이야기나 의문의 죽음이 얽힌 소설들을 주로 썼다. 그녀의 소설을 읽고 나면 깊은 습지 속에 빠진 듯 한동안 꼼짝도 할 수 없는 지경이 되었다. 그런 작품에 인물의 내면 묘사 대신 쓰인 음악이 비탈리의 「샤콘느」였다.

비탈리의 「샤콘느」는 첼로 연주보다 바이올린 연주곡이 더 애절하다. 이효수는 오르간과 함께하는 하이페츠의 바이올린 연주를 들었는지 모르겠다. 하이페츠의 연주가 칼날처럼 날카로워 허명애는 사라 장의 연주를 주로 들었다. 느리고 둔중한 피아노 건반 소리를 시작으로 사라 장이 연주하는 바이올린의 비감한 선율은 들을 때마다 목덜미에 소름을 돋게 했다. 두껍게 언 강의 얼음이 순간 팽창하며 갈라지는 듯한 소리라고 할까. '지상에서 가장 슬픈 곡'이라는 별명이 무색하지 않을 만큼 도입부의 바이올린 소리가 애절하고 비장했다. 몇 해 전 아들이 교통사고로 입원했을 때 이효수가 전화했다.

"저녁 무렵에 서오릉 숲길을 산책하면서 「샤콘느」를 들어. 그러면 아들 걱정도 좀 덜어지고 슬픔이 희석되는 것 같아. 슬픔은 슬픔이 치유하나 봐."

"그래. 슬플 땐 밝은 음악이 귀에 안 들어와. 밝은 노래로는 슬픔이 치유되지 않더라고. 마음만 겉돌고."

이효수의 아들이 고속도로에서 운전하던 중 교통사고가 났다. 빗길 5중 추돌사고였다. 아들의 여자 친구가 옆에 타고 있었다. 그 자리에서 아들은 여자 친구를 잃었다. 아들도 중상을 입어 몇 달 입원해 있었다. 허명애는 이효수의 아들 얘기를 듣고 자주 기도했다. 엉터리 신자라 자기 기도도 잘 안 하는 사람인데, 이효수 아들의 일이 제 자식 일처럼 딱하고 애달파서 저절로 기도가 나왔다. 퇴원한 아들은 여자 친구 집에 찾아다니며 그 부모에게 용서를 구하고 또 구했다. 여자 친구의 부모가 자네 잘못이 아니니 더 이상 자책하지 말라고, 더 이상 우리 집에 오지 말고 새 출발 하라고 부탁하는데도 계속 다녔다고 한다. 허명애는 그녀 아들이 어찌 지내는지 수시로 생각나고 마음이 쓰였다. 허명애가 전화를 자주 하여 아들의 안부를 물었다. 전에는 소설 스터디를 함께하는 문우로서 주로 메일이나 문자를 주고받았다.

허명애는 첫 소설이 신춘문예에 낙방한 뒤로 소설 쓸 엄두가 나지 않았다. 몇 년간 소설을 접어두고 지내던 허명애가 다시 소설을 써볼까 하는 동력을 얻은 건 김평소가 국악 밴드의 일원으로 신들린 듯 태평소 부는 걸 텔레비전에서 본 뒤였다. 그 무렵 이인숙이 돌아왔다. 남편 따라 뉴욕과 파리에서 살다 사십대 중반에 귀국한 이인숙이 허명애를 쿡 찔렀다.

"이제 본격적으로 글을 써봐. 애들 커서 시간 있잖아."

"시간은 있는데, 있어야 할 문재(文才)가 없다. 나이도 많고. 요즘 소설 좀 써보려 하는데 잘 안 돼서 머리만 쥐어뜯고 있어. 내가 방법을 모르나 봐."

"어디 가서 소설 공부 조금 해. 너만큼 잘 쓰는 아줌마들이 많겠니?"

이인숙은 현실 모르는 격려를 해주며 문화센터 소설반에 등록해주었다. 이인숙이 그동안 허명애 인생에 여러 가지 역할을 했지만 가장 큰 역할은 뭐니 뭐니 해도 소설을 쓰게 한 일이다. 이인숙이 북 치고 장구 치지 않았으면 허명애가 소설 수업을 듣는 일은 없었을 테고 소설가가 되는 일은 당연히 일어나지 않았을 거다. 문우 이효수를 만나는 일도 없었으리라.

허명애는 서간체의 단편소설로 오십에 등단했다. 젊은 날 김성아와 함께 서랍 속에 낱말을 모으던 가슴 떨림이 다시금 허명애에게 휘몰아쳤다. 오래전에 쌓아뒀던 낱말들이 하나하나 허명애의 소설에 불려 나왔다. 그땐 그 낱말들로 무얼 하게 될지 몰랐는데 그렇게 쓰이게 되었다. 허명애보다 '잘 쓰는 아줌마들이 많아' 아직 무명 작가이긴 하다. 허명애는 애써 이름을 알리기를 바라지는 않는다. 나이 들어 몸은 여기저기 고장 났어도 사소한 아픔에도 베이는 마음은 여전하니, 그 마음에 아픈 이야기들이 들어와 고이기를 바랄 뿐이다. 고인 이야기가 있는 한 눈이 빠지도록 아파도 쓸 테니까.

허명애는 암 환자 이야기를 대폭 수정하여 다시 소설을 쓰기 시작했다. 소설이 희망적인 결말로 가고 있었다. 이효수는 백련사에서 다산초당 가는 오솔길 사진을 여러 장 보내왔다. 백련사 동백이 피었다고 또 사진을 잔뜩 보내왔다. 땅에 떨어진 동백이 붉은 오솔길을 만들었다. 음습하고 신비한 길이었다. 떨어진 동백꽃 송이를 두 손바닥 가득 올린 그녀의 사진도 한 장 왔는데 그 얼굴이 떨어진 동백 같았다. 아직 예쁘지만 살아 있지 않은…… 눈이 커다란 이효수의 얼굴에 검은 그물이 잔뜩 덮여 있었다. 이효수는 절에서 다산초당 가는 오솔길을 걸으며 「샤콘느」를 수없이 들었으리라.

이효수는 아직은 컴퓨터를 열지 않고 책만 조금씩 읽고 있다고 했다. 4대강 사업의 폐해를 알리는 장편을 쓰다 말고 내려갔으니 그것도 완성하고 싶었으리라. 그녀는 4대강 사업으로 강이 다 죽는다면서 영산강과 금강 일대를 몇 번씩 답사했다. 이효수는 방에서 전화 통화 좀 할라치면 양 옆방의 공시생이 벽을 쿵쿵 쳐서 밖으로 쫓아낸다고 했다. "이래저래 산책하는 시간이 많아져." 암 환자가 잘 먹어야 하는데 풀만 먹어서 어쩌냐고 하니까 주방의 보살에게 돈을 주면 더러 고기반찬을 해주고, 일주일에 한 번씩은 절 사람들과 함께 강진 시내에 나가 생선도 고기도 먹으니 걱정 말라고 웃었다. 허명애는 백련사에 가려고 몇 번 마음먹었지만 용기가 나지 않았다. 지하철에서 두 번이나 공황발작을 한 뒤로는 차를 탄다는 생각만으로도 터널에 갇힌 듯 숨이 가빴다. 보호자 없이 혼자 가기에는 강진은 먼 길이었다. 둘이 다산초당도 들여다보고 오솔길도 걸어보고 싶었는데. 그녀에게 맛있는 것도 먹이고 풍경 소리 들으며 노트에 사각사각 글도 써보고 싶었는데.

이효수는 자연식을 하고 많이 좋아졌다며 넉 달 만에 서울로 올라왔다. 그녀는 얼굴 볼 새도 없이 금방 또 구례 화엄사로 내려갔다. 화엄사에서 두 달 있다 올라온 그녀는 다시 어느 절로 갔다. 잠시 소식이 없기에 잘 지내나 보다 했는데 연락이 왔다.

"나, 재발해서 항암치료 해. 먼젓번에 항암을 안 해서 그런지 일찍 재발했어."

"뭐야? 일 년도 안 됐잖아."

"일 년 안에 재발하는 확률이 가장 높대."

허명애는 진즉 소설을 완성했다. 항암치료 끝나고 얼굴 보자면서 이효수가 덤덤하게 말했다. 원래 넘치는 감정을 잘 보이지 않는 성격이었다. 절에 다니고 명상도 오래 해서 수양이 잘된 보살 같은 사람이었다.

허명애의 책이 출간되었다. 허명애는 그녀가 항암치료 끝내고 집에서 회복 중일 거라고 믿었다. 책을 보내려고 주소 알려달라는 문자를 보냈다. 그녀의 딸에게서 답이 왔다. '암세포가 뇌로 전이되어서 엄마가 지금 병원에 계신데 책은 보내주세요' 하며 집 주소를 보냈다. 뇌로 전이되었다는 말에 빨갛게 달아오른 불안이 순식간에 허명애의 머릿속을 휘젓고 돌아다녔다. '통화도 못하나요?' 물었더니 '말씀을 못 하셔서 불가능해요' 했다.

한 달쯤 지나 허명애가 이효수에게 전화했다.

"내가 나중에 전화할게."

이효수는 다급히 한마디하고 전화를 끊었다. 며칠 뒤 엄마의 기일이라 오빠네 집에 가던 허명애는 그녀의 딸에게서 전화를 받았다.

이효수를 향해 자꾸 불길한 생각이 들었던 이유를 굳이 찾는다면 그녀의 첫인상 때문이었을까. 그녀는 계간지로 등단했다. 별로 알려지지 않은 신생 잡지였다. 허명애가 우연히 그 잡지를 읽게 되었다. 소설 부문 신인상 수상작이 실렸기에 작품을 읽어봤다. 작품을 다 읽은 뒤에 어떤 사람이기에 이렇듯 깊고 서늘한 그늘 얘기를 썼나 하며 작가 사진을 봤다. 사진에 눈이 닿은 순간 가슴이 철렁 내려앉았다. 작품의 내용을 그대로 옮겨놓은 얼굴이 거기 있었다. 도무지 잊히지 않을 얼굴이었다. 얼마 뒤, 작가들끼리 스터디 하는 모임에 신입 문우가 한 명 들어오기로 했다. 문을 열고 들어오는 사람을 보니 그녀였다. 잡지에서 본 바로 그 얼굴이었다.

"이효수 씨죠?" 허명애가 물었다.

"어떻게 절 아세요?" 그녀가 놀랐다. 잡지에 실린 등단작을 읽었다고 하니 펄쩍 뛰며 반가워했다. 유명하지도 않은 잡지에 실린 신인의 등단작을 읽은 독자를 만났으니 왜 안 그랬을까. 이효수와 허명애가 가까워진 건 그래서였을 거다. 등단 초기의 작가가 생면부지의 독자로부터 제 작품을 읽었다는 얘기를 들었을 때의, 그 하늘같이 큰 고마움과 감격을 작가 아닌 사람은 죽었다 깨어나도 모를 일이다.

이효수는 암 투병 전에 소설집 한 권을 출간했다. 그녀가 허명애에게 남긴 건 책 한 권과 「샤콘느」다. 그녀가 가고 난 뒤 허명애는 저녁 산책길에 '지상에서 가장 슬픈 곡'을 듣곤 했다. 그녀 생각을 하면 미안한 일만 산더미 같았다. 가장 미안한 건 처음 그녀의 사진에서 깊은 그늘을 봤던 거다. 암 수술했다고 했을 때 불길한 느낌을 받았던 것이 또 미안했다. 백련사에 못 내려간 것도 빚이었다. 그녀의 얼굴이 아직 예쁘지만 백련사의 떨어진 동백꽃 같다고 느낀 게 또한 아팠다. 백련사에서 올라왔을 때 얼른 만나보지 않은 게 미안했다. 암 환자에게 맛있는 거 한번 먹이지 못한 것도 미안했다. 그녀의 가족이 고문으로 허물어지고 있을 때 편히 지낸 시간도 죄스러웠다. 온통 미안한 것투성이였다. 아픈 친구에게 자기 편의만 생각하고 아무것도 하지 못했으니 평생 빚진 마음이리라. 죽어버린 사람에게 산 사람은 언제나 빚진 죄인이다.

이효수의 삼우제가 지난 뒤 그녀의 딸에게서 문자가 왔다. '어머니를 절에 모셨어요.' 독실한 불교 신자인 이효수의 혼이 쉬기에는 절이 가장 적합했으리라. 그녀는 투병 전에도 몇 달씩 절에 머물며 소설을 썼고, 소설에서도 절이나 스님 얘기를 자주 다뤘다. 소설 속 인물이 사랑을 잃거나 고통 속에 놓일 때 찾아가는 곳도 번번이 절이었다.

"실연한 사람을 보낼 곳이 그렇게 없어? 좀 다른 곳으로 보내. 뭘 매번 절로 보내냐. 전국의 절이 다 등장하겠어." 허명애가 타박하면 그녀가 웃었다.

"절이 제일 편하잖아."

"편하긴 뭐가 편해. 나 같은 사람은 실연한 뒤 절대로 절에 안 가거든?"

"그럼 어디로 보내지? 호텔로는 보내기 싫은데."

"절만 빼고 어디로든 한번 보내봐."

이효수는 어두운 작품과는 달리 세상에 애착이 많았다. 소설에 대한 꿈도 열정도 컸고 공부도 게을리하지 않았다. 앞으로 많은 작품을 쓸 수 있다는 자신감이 있었다. 그녀는 자식들이 살아갈 세상에 걱정이 많았고 아직 그 세상과 하직할 준비가 되어 있지 않았다. 하지만 갑자기 닥친 병은 그녀를 소설 속 인물들처럼 절로 보냈다.

공교롭게 이효수는 허명애의 엄마 김이순과 같은 날짜에 세상을 떠났다. 허명애는 엄마의 기일이면 이효수가 생각나고 이효수의 기일이면 엄마가 떠올랐다. 같은 날짜에 세상을 떴다는 것 외에는 두 사람에게 공통점이 없는데 꼭 한 묶음으로 떠올랐다.

김이순이 여든이 넘자 치매가 왔다. 치매는 금방 진행되어 중증이 되었다. 모든 기억을 다 잃고 종일 같은 말을 되풀이하며 두 손을 싹싹 비는 엄마를 감당할 수 없다며, 허명애 오빠 허명진은 엄마를 요양병원에 보내자고 했다. 김이순이 되풀이하는 말은 "미안해. 명선아, 미안해"였다. 허명선은 자신을 S대에 입학시키지 못한 미안함이 아닐까 짐작했다. "엄마, 그만 미안해하세요. 나 지금 잘살고 있잖아." 김이순은 멀뚱히 그 말을 들었다. "그게 아니라 6·25 때 너 잃었던 걸 미안해하시는 거 아닐까?" 허명자가 허명선을 보며 얘기했다. 6·25전쟁 때 허찬수 가족은 잠시 피란길에 올랐다가 돌아왔다. 그때 허명애는 김이순의 배 속에 있었고 허명진은 허찬수 등에, 허명실은 김이순 등에 업혀 있었다. 사람들이 뒤엉킨 피란길에서 김이순은 일곱 살이던 둘째 딸을 잃어버렸다. 분명히 큰딸과 손을 잡고 자기 앞에 걸어가고 있었는데 어느 순간 보니, 큰딸 혼자 걷고 있는 거였다. 명선이 어디 있느냐고 큰딸 허명자에게 물었다. 큰딸이 깜짝 놀라 제 손을 바라보더니 울음을 터뜨렸다. "엄마, 명선이 어딨어?" 부모보다 더 놀라서 우는 큰딸을 야단칠 수도 없었다. 허찬수 부부는 혼비백산하여 온 길을 되짚어갔다. 내려가는 사람들을 헤치고 허찬수 부부가 정신없이 걷는데 맞은편에서 한 남자가 둘째 딸을 데리고 바삐 오고 있었다. 한약방에 환자로 오던 이였다. 그는 울며 헤매는 애가 약국집 딸아이 같아서 데리고 가는 길이라고 했다. 허명선이 얼마나 울고 헤맸던지 묶은 머리는 산발이고 저고리 고름은 다 풀리고 얼굴에는 땟국이 얼룩져 있었다. 허찬수 부부는 눈썰미 뛰어난 그 사람 덕에 둘째 딸을 찾았다. 허찬수 내외는 그날 생각을 하면 두고두고 머리끝이 서고 둘째에게 미안했다. 그 많은 피란민 속에 둘째를 아홉 살짜리 큰딸 손에 맡겨놓았으니. "그런가? 무한히 자유로운 치매 노인 머릿속을 알 수가 있나. 어쨌든 엄마, 저한테 미안할 일이 전혀 없어요." 허명선의 말에 김이순이 활짝 웃었다.

자식들은 김이순을 요양병원에 입원시켰다. 김이순은 오직 자식들 얼굴만을 기억하는 치매가 되었다. 김이순의 머릿속에는 자식들만 또렷이 남아 있었다. 남편에 대한 기억도 고향에 대한 기억도 다 버리고 오직 일곱 자식 얼굴만 움켜쥐고 있었다. 병원이 경기도에 있어 딸들은 주중에, 아들들은 주말에 면회를 갔다. 김이순은 그게 성에 차지 않았다. 아들 허명욱이 처자식을 데리고 미국에 몇 년 가 있는 동안에 그랬던 것처럼 그리움에 목이 타고 입이 말랐다.

영어 교사로 퇴직했다는, 김이순의 옆 침대 할머니는 외동딸을 못 알아봤다. 영어 책을 주면 다 읽었다. 외동딸은 자식을 못 알아보는 엄마 손을 쓰다듬으며 자신의 유년 시절 얘기를 하고 또 했다. 그러면 그 엄마는 당신이 뭔데 잠도 못 자게 자꾸 떠드느냐고 손을 뿌리치며 화를 냈다. "엄마, 참 야속하네. 어떻게 하나밖에 없는 딸의 얼굴을 잊었어요. 영어 책은 다 읽으면서."

한번은 허명애 혼자 면회를 갔다. 마침 미술치료 시간이라고 김이순이 병실에 없었다. 허명애가 미술치료 하는 방으로 갔다. 노인들이 다들 바로 앉아 뭔가를 그리고 있었다. 김이순만 삐뚜름히 뒤돌아 앉아 문 쪽을 바라다보고 있었다. 유리창으로 들여다보던 허명애와 눈이 마주치자 그녀는 의자에서 내려와 딸을 향해 엉금엉금 기었다. 휠체어에 앉는 시간도 기다릴 수 없었던 거다. 그렇듯 그녀는 매 순간 자식들을 기다렸고, 그리움이 채워지지 않으니 가슴이 탔다. 김이순은 그리움과 외로움에 바스러져 갔다. 풍성하던 살을 하루하루 이승에 반납하고 뼈만 남은 몸이 되었다. 허찬수도 뼈만 가지고 갔다. 죽을 때는 살을 이승에 반납하는 모양이다. 김이순은 눈꺼풀을 바르르 떨며 자식들 하나하나와 눈 맞추고, 고향 집 앞 냇가에 버들개지가 막 피어나는 이른 봄날 남편 옆에 묻혔다.

물가에 부는 바람에 첫봄 내음이 살랑대는 걸 보니 김이순과 이효수가 세상 떠난 계절이 돌아오는가 보다.

브람스,
현악 6중주
제1번

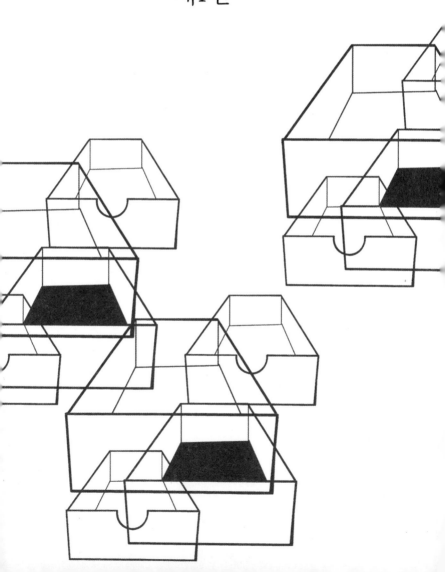

대구 신천지교회에서 코로나 환자가 쏟아져 나와 온 나라에 비상이 걸렸을 때, 허명애는 옛 직장 상사 이재우의 부음을 들었다. 가족끼리 이미 장례를 치렀으며 코로나로 인한 죽음은 아니라고 했다.

언젠가 이재우가 허명애에게 꽃 사진 한 장을 카톡으로 보내왔다. '꽃은 보냈지만 향기는 보낼 길이 없으니' 하는 글과 함께였다. 거실에 핀 꽃의 향기를 보내지 못해 안타까워하는 문자를 마지막으로 그에게서 연락이 오지 않았다. 그게 일 년 이상 된 것 같았다. 어디가 편치 않으신가, 생각하면서도 소식이 오기만을 기다렸다. 왜 먼저 연락을 못하고 그가 문자라도 보내주기를 기다렸는지 모르겠다. 변명이라면, 먼저 연락

하는 것이 연세 많은 분을 귀찮게 하는 게 아닐까 싶어 그랬다 할까. 허명애가 회사를 그만둔 뒤 어쩌다 한번씩 회사에 찾아가 점심을 함께 먹기도 했지만, 일흔다섯에 그가 퇴사한 뒤로는 거의 문자나 주고받으며 지냈다. 주로 그가 유튜브의 클래식 음악을 보냈고 허명애가 답하는 형식이었다.

이재우는 YS의 팬이었다. 학연, 지연, 혈연, 아무것도 없는데도 진심으로 YS를 응원하고 지지했다. YS가 오랜 민주화 운동 끝에 대통령이 되었을 때 그는 회사에 나와 종일 흥분을 감추지 못하고 '김영삼'을 연호했다. 집에서는 아내 때문에 찍소리도 못하고 숨죽여 있었다. 그의 아내는 광주 사람으로 DJ의 광적 추종자였다. DJ의 낙선으로 아침까지 울고불고하는 아내 앞에서 감히 YS를 입 밖에 낼 수 없었다. 그들 부부는 YS와 DJ 시대가 끝나기까지 숱하게 싸웠다. 이재우는 YS에 대해 부정적인 말을 하는 사람을 용납하지 못했다. 함께 차를 타고 가던 누군가가 성수대교 붕괴에 대하여 YS를 탓하자, 내리라고 차를 세웠다. YS가 3당 합당한 걸 못마땅해하던 허명애도 한밤에 고속도로에 팽개쳐질 뻔했다. 차를 갓길에 세우고 한참 씩씩거리더니 그냥 출발했다. 허명애는 황당했지만 죄송하다고 말할 수는 없었다. 3당 합당한 게 못마땅한데 어쩌라는 건가. 그게 이재우에게 죄송한 일은 아니지 않은가.

이재우가 YS에 대한 험담만큼 못 참는 게 또 있었다. 직원들 책상이 어질러져 있는 거였다. 소매 걷고 직접 정리를 해줘야 직성이 풀렸다. 무질서 속에서 창의력이 솟는다고 직원들이 '제발 냅둬유!' 했지만 게으른 사람의 변명이라고 치부했다. 그는 새벽마다 조깅하는 한강 고수부지의 쓰레기 꼴도 못 봤다. 쓰레기를 하나둘 줍던 그는 드디어 짧은 집게와 비닐봉투를 들고 나섰다. 키가 후리후리한 이가 짧은 집게로 쓰레기를 줍고 돌아다니니 그곳 미화원들이 기다란 집게를 주었다. 집게가 짧으면 허리 아파요, 하며. 그의 아내는 새벽마다 긴 집게를 어깨에 걸고 아파트를 나서는 그를 못마땅해했다. 그러거나 말거나 그는 매일 한강 변의 쓰레기를 줍고 출근했다. 요즘 유명인들이 플로깅을 한다는데 그는 이미 오래전에 했으니 그가 플로깅의 원조가 아닐까 싶다.

이재우는 제법 큰 출판사의 부서장이고 나이도 많고 아내도 있고 다 큰 자식들이 있었다. 직원들이 그에게 연민을 느껴야 할 이유가 없었다. 그런데도 그는 직원들로 하여금 깊은 연민을 갖게 했다. 휘청댈 만큼 마른 몸 때문이 아니고 그의 눈 때문이었다. 남들보다 두 배는 길고 깊은 눈. 성형외과에서 앞트임 뒤트임을 한다 해도 그렇게 긴 눈은 만들기 힘들 거다. 그 긴 눈에 들어찬 건 회한과 자책, 고독…… 그런 것들이었다. 허명애는 그의 처사에 화가 나서 따지려고 그의 방에 들어갔다가도 한마디도 못하고 나오기 일쑤였다. 그와 눈을 마주치면 슬그머니 화를 풀지 않을 수 없었다. 회한과 자책에 가득 찬 그 깊은 눈에 항복할 수밖에 없는 기분이 되었다. 허명애뿐 아니라 직원들이 다 그랬다. 청청한 날에 어린 세 아이를 데리고 한 이혼이며, 전처의 세 아이를 떠안고 그와 결혼한 젊은 아내의 큰 교통사고, 선천성 소아마비인 막내아들, 대학 졸업식을 며칠 앞두고 교통사고로 세상을 떠난 큰아들—그 졸업식에서 큰아들은 레이건 대통령상을 받기로 되어 있었다. 그리고 딸의 두 번의 이혼. 한 사람이 감당하기에는 너무 가혹한 일들이 그에게 차례차례 닥쳤다. 굴곡진 그의 삶은 고스란히 눈에 들어가 앉았다. 그 눈으로 마주 바라보는 사람을 어떻게 이길 수 있을까. 결재 받으려고 그의 방문을 열었다가 창문에 이마와 두 손바닥을 대고 정지화면처럼 서 있는 그를 본 적이 있었다. 그와 오래 함께 근무한 직원에 의하면 큰아들을 잃은 뒤로 생긴 습관이라고 했다. 새벽마다 플로깅을 한 것도 그때부터였다고 한다.

이재우는 유능한 편집인이었으며 예술에도 조예가 깊었다. 계속되는 고통스러운 삶이 그를 예술 언저리에 기웃거리게 한 게 아닐까 싶다. 고통과 직면하게 하고 고통을 이기게 하는 데 예술만 한 게 없을 테니. 그는 전문적으로 글을 쓰진 않았지만 문장가였고 문학에 해박한 지식을 가졌다. 동서양의 모르는 작가가 없을 만큼 다독가였다. 그림도 많이 알았고 음악도 마찬가지였다. 클래식을 좋아하여 늘 곁에 두었다. 오디오를 사무실에 가져다 놓고 출근 시간과 점심시간, 야근할 때 음악을 틀어놓곤 했다. 주로 조용한 명상곡이었다. 허명애네 부서는 본사에서 독립해 나와 있었으니 그런 점에서 자유로 웠다.

어느 저녁, 이재우의 방에서 음악이 크게 흘러나왔다. 직원 들이 자장면을 배달시켜 먹고 막 야근을 시작하려는 참이었 다. 어느 성전에서나 울려 나올 법한 음악이 사무실을 압도했 다. 도입에서부터 옆구리를 묵직하게 치받고 들어오는 첼로 선율에 다들 놀라서, 무슨 일이야? 하는 얼굴로 이재우의 방 문 쪽을 쳐다봤다. 첼로 연주가 마음을 경건하게도, 비감하게 도, 선하게도, 장중하게도 했다. 삶과 죽음이 교차하는 지점 에 서 있는 듯, 표현하기 힘든 울림이 음악이 끝나도록 이어 졌다. 하루를 돌아보고 참회하며 해 질 녘에 들어야 할 것 같 은 음악이었다. 직원 모두 눈을 감은 채 첼로 연주를 들었다. 곡이 길지는 않았다. 음악이 끝나자 이재우가 방에서 나왔다.

"음악 듣느라 일을 못했어요." 막내 여직원이 말했다.

"잘했어요. 좀 더 쉬라고 틀어준 거야."

"곡명이 뭔데 이렇게 좋아요?" 허명애가 물었다.

"막스 브루흐의 「콜 니드라이」야. '신의 날'이라는 뜻이래. 상당히 경건하고 종교적인 느낌이라 속죄하고 싶어지지? 내 가 좋아하는 곡이라서 한번 들려주고 싶었어."

이후 「콜 니드라이」는 허명애의 인생곡이 되었다. 쓸쓸해 서 훅 꺼져버릴 듯할 때, 식구들이 들어오지 않아 텅 빈 저녁, 더는 글을 못 쓸 것 같아 캄캄할 때, 허명애를 다독여주는 곡이 되었다.

이재우는 한동안 수석(水石)에 빠졌다. 주말이면 혼자 이곳저곳 강가로 돌을 주우러 다녔다. 주워온 돌을 보면 시커멓고 별것도 아닌데 반들반들하게 닦아 나무 좌대에 앉혀놓으면 그럴듯해 보였다. 변변치 못한 글도 활자화하면 달라 보이듯이 그랬다. 그는 퇴근 무렵 좌대에 앉힌 돌에 명명식을 했다. 직원들이 둘러서서 명명식을 함께했다. 그는 녹턴, 비목, 월광 같은 이름을 돌에 붙여주었다. 책상 위에 '월광'을 올려놓고 베토벤의 「월광」을 들으면 그 돌에 교교히 달빛이 내리는 순간을 만나게 되었다. 나뭇결이 도는 길쭉한 십자 모양의 돌을 놓고 장일남의 「비목」을 들으면 돌이 불현듯 비목이 되었다. 민통선 어딘가에 있을 비목이. 직원들은 무엇에 홀린 듯 그런 순간들을 맞았다. 한번은 직원들이 이재우를 따라 단양에 갔다. 직원들도 이재우처럼 멋진 돌을 주워 명명식을 해보길 원했다. 허명애와 직원들은 땡볕에 달궈진 강변의 돌들을 헤치며 명명식 할 만한 돌을 찾아보려 애썼으나 막돌만 눈에 띄었다. 이재우는 혼자 뚝 떨어져 열심히 돌을 주웠다 버렸다 하며 돌아다녔다. 쓸 만한 돌을 발견하면 높이 들고 좌로 우로 살펴보고 바닥에 놓고 앉아서 감상했다. 그날 직원들은 배낭이 터지도록 돌을 주워왔으나 다음날 모두 버렸다. 이재우는 그날 만난 돌에 '미완성교향곡'이라는 이름을 주었다. 아무리 봐도 딱히 완성된 조형미는 없는데 마음을 잡아끈다고 했다. 그는 돌에도 음악을 접목하는 사람이었다.

허명애가 이재우를 마지막으로 만난 건 그가 일흔아홉 되던 해 늦가을이었다. 마침 소설집이 출간되어 책도 전달할 겸 오랜만에 함께 점심 식사를 하고 싶어 허명애가 연락을 했다. 옅은 베이지색 재킷에 갈색 헌팅캡을 쓴 이재우는 그 나이에도 멋졌다. 서예 끝나고 오는 길이라며 큰 가방을 흔드는 모습에서 마른 자작나무 향기가 나는 듯했다. 그는 육십 중반이 되는 허명애를 보고 "모처럼 젊은 여성을 만나니 어디로 발길을 옮겨야 할지 모르겠네요." 했다. "이제 눈 아파 책 읽기는 힘이 들어. 가끔 글씨 쓰러 나오고 주로 집에서 음악 들으며 시간 보내고 있어. 귀를 즐겁게 하는 것이 마음도 즐겁게 한다고 누가 그랬지? 그래도 우리 허 작가 책은 읽어야지. 전부터 그렇게 쓰라니까 왜 안 쓰고……" 그날 허명애의 책을 받아 들고 그가 한 말이었다. "비망록을 내놔봐. 출판해줄게." 이재우는 오래전에 허명애에게 그렇게 말하곤 했다. "등단도 하지 않은 제 글을 읽을 사람은 부장님밖에 없을걸요?" 사실 허명애는 그때 변변하게 써놓은 글도 없었다. 이재우는 소식하는 습관도 그대로여서 뷔페에서 회를 몇 점 갖다 먹고는 "나는 이제 끝이야. 천천히 많이 먹어. 그동안 살도 못 찌고 뭐 했나"하며 남의 말 하듯 했다. 허명애가 식사하는 동안 그는 마주 앉아 막내아들 자랑을 했다.

소아마비인 막내아들이 정신과 의사가 되었다. 아들 자랑하는 그의 눈빛이 좋은 성적표를 자랑하는 어린애 같았다. 이혼하고 곧장 미국으로 간 전처가 몇 년 뒤에 세 아이를 미국으로 데려갔다. "막내가 늦게 결혼도 하고 아이도 낳았으니 기적이야. 신이 내게 벌만 주는 줄 알았는데 큰 선물도 주시네. 얼마 전에 막내가 우리 내외를 미국에 초청해서 한 달이나 다녀왔어. 맞춤 휠체어를 타고 운전도 얼마나 잘하던지. 막내가 밝아지고 성격도 활달해졌어. 다 며느리 덕이지. 성치 않은 어린 걸 멀리 보내놓고 처음엔 자책으로 잠도 못 잤어. 내가 여기서 끼고 살았어야 했나 싶고. 큰아이 그리됐을 땐 신이 내게 왜 이러나 싶어 한동안 교회도 안 갔잖아. 그래도 막내를 보면 미국에 보낸 건 정말 잘한 거야. 그렇지? 여기 있었으면 장애인 편견에 저나 나나 그 삶이 어땠겠어."

이야기를 마치고 이재우가 커피 두 잔을 가져왔다. 허명애와 이재우는 커피를 마시며 금방 과거의 어느 시간 속으로 빨려 들어갔다. 과거 한 시절을 함께한 사람들이 할 수 있는 가장 즐거운 일이란 함께했던 그 시간으로 들어가는 게 아니고 무엇이랴. 그 시간으로 돌아가 그때를 반추하는 일은 아무리 해도 질리지 않고 매번 새롭다. 그들에게 현재는 전혀 중요하지 않다. 두 사람은 세차게 가을비가 쏟아지던 그때로, 누가 먼저랄 것도 없이 고개를 들이밀었다.

그날도 열시까지 야근을 했다. 야근을 한 다른 날처럼 허명애는 이재우의 자동차 조수석에 탔다. 라디오에서는 KBS FM에서 보내는 음악이 흘러나왔다. 시동을 켜면 자동으로 나오는 음악이라 허명애는 차 안에 음악이 있다는 사실을 느끼지 못할 때가 많았다. 차가 오피스텔 지하 주차장을 빠져나오자 앞 유리창에 빗방울이 떨어졌다. 가벼운 가을비였다. 언제부터인지 비가 내리고 있었나 보다. 그즈음 허명애는 교과서 만드는 일에 혼을 쏟았다. 밖에 비가 오는지 눈이 오는지 바라볼 새도 없었다. 허명애네 회사는 검인정교과서를 만드는 출판사다. 한 과목이라도 더 심사에 합격해야 직원들이 먹고살았다. 교과서 철이 되면 전 직원이 눈에 불을 켰다. 열시 야근은 보통이고 마감 때는 며칠씩 철야를 했다. 언제인가 자정에 퇴근했다. 그 시간에도 도로에 차들이 많았다. "야, 교과서 만드는 사람들 참 많다." "그래도 철야는 안 하고 가네요. 우리처럼." 이재우와 허명애는 푸, 피로에 절어 빠진 웃음을 웃었다.

이재우의 차를 처음 탔을 때 허명애는 집에 도착할 때까지 의자 등받이에 등도 못 대고 곧추앉았다. 나이 많은 상사가 운전하는 차를 얻어 타고 다니는 일이 가시방석이었다. 그는 허명애를 내려주고 밤길을 이십 분은 되돌아가야 했다. 직원들 눈치도 심히 보였다. 하지만 출판사에서 집이 멀어 야근 날엔 대중교통을 이용하기가 어려웠다. 허명애 남편은 출판사를 그만두라고 했다. 허명애는 학교 다닐 때 잠시 함께 일했던 이재우가 교과서 일을 도와달라고 SOS를 쳤을 때 흔쾌히 응했다. 아이들이 커서 무료한 날을 보내던 차였다. 글 쓸 시간은 생겼으나 뭘 써야 할지 막막한 날들이었다. 밀린 숙제처럼 글은 허명애를 압박하고 있었다. 허명애는 우선 잘할 수 있는 일에 몰두해 자신감을 얻고 싶었다. 일이 생각보다 많고 점차 야근이 잦아지니 남편으로서는 그만두라는 얘기를 할 만했다. 허명애는 작업 중인 교과서가 나올 때까지는 일을 하겠다고 했다. '화법' 교과가 처음 시행되는 과목이라 저자들이 어려움을 겪고 있는데 편집자가 중간에 그만두면 책이 어떻게 나오겠나. 경력자 구하기도 쉽지 않았다. 이재우가 허명애를 태워다 줄 수밖에 없는 이유였다. 불편해하는 허명애 마음을 읽은 이재우가 편하게 타고 다니라고 몇 번이나 말했다. 어차피 이용할 수밖에 없는 형편이니 그래야겠다고 허명애도 생각했다.

이재우는 말없이 운전만 했다. 차 안에 있는 건 KBS FM에서 보내는 음악과 가끔 들리는 깜빡이 소리뿐이었다. 이재우의 차가 삼일빌딩 앞을 막 지났다. 허명애는 고개를 돌려 그 빌딩을 올려다봤다. 한때 우리나라에서 가장 높은 건물이던 31층 빌딩, 프랑스의 건축가 르 코르뷔지에의 첫 한국인 제자로 유명해진 김중업이 설계한 그 빌딩이 허명애에게 생물처럼 다가온 적이 있었다. 동생 허명욱이 뉴욕 지점에 가 있는 동안이었다. 동생이 그 빌딩에서 근무할 때는 그곳을 지나면서 특별한 느낌을 받은 적이 없었다. '애가 근무 잘하고 있나?' 하는 생각을 했을 뿐. 동생이 처자식을 데리고 뉴욕으로 가고 나니 달라졌다. 그 건물은 지나칠 때마다 동생이 되었다. 콘크리트 덩어리가 생물처럼 움직이며 허명애에게 다가왔다. 허명애는 동생에 대한 그리움으로 매번 울컥울컥 애타는 가슴이 되었다. 서울에 있을 때는 일 년을 안 봐도 아무 일 없던 동생이었다. 부재한다는 게, 볼 수 없다는 게 그런 거였다. 한데 허명욱이 귀국하자 삼일빌딩은 시치미를 뚝 떼고 즉시 예전의 31층 콘크리트 덩어리로 돌아갔다. 허명애가 그런 경험을 다시 한 건 아들이 군대 갔을 때다.

이재우의 차가 남산터널로 들어섰다. 한남대교를 건너니 가을비가 본격적으로 쏟아졌다. 차가 경부고속도로로 접어들었다. 앞 유리창에 떨어지는 빗소리가 너무 커서 앉은 자세를 바로 했다. 와이퍼가 바삐 움직였다. 철컥철컥 소리를 내며 요란하게 움직이는 와이퍼는 허명애를 긴장하게 했다. 거친 빗줄기에 앞이 잘 보이지 않았다. 때마침 라디오에서 세찬 빗줄기 같은 음악이 흘러나왔다. 조금 전까지는 빗소리 때문에 차 안에 음악이 있다는 것도 느끼지 못했는데 음악이 갑자기 '나도 여기 있어요' 한 듯 귀에 쏙 들어왔다. 곡명은 몰라도 느낌으로 작곡가는 알 것 같았다.

"부장님, 브람스지요?"

"응, 「현악 6중주 1번」이야."

"빗소리보다 음악이 더 흐느끼네요."

"2악장은 브람스의 눈물이라고도 해. 바이올린, 비올라, 첼로가 두 대씩 연주해서 그런지 현악 4중주보다 더 웅장하고 깊이가 있는 것 같지? 물론 현악 4중주도 나름의 매력이 있어. 괴테가 현악 4중주를 네 명의 지식인이 나누는 대화 같다고 했는데 참 고급스러운 표현이야."

음악은 그가 말한 2악장을 지나고 있었다. 첼로 두 대의 소리가 바이올린 소리를 뚫고 나오며 흐느꼈다. 가을비와 딱 어울리는 「현악 6중주 1번」 2악장이 차 안을 가득 채웠다.

"아이쿠, 출구로 나가야 했는데 못 나갔네. 고속도로를 그냥 달리고 있어. 빗속이라 잘 안 보여서."

차창을 때리는 거친 빗줄기 속에서 브람스 얘기를 하느라 이재우가 출구를 지나친 것이다.

"어떡해요?"

"한참 갔다가 돌아와야지. 이왕 늦었으니 천천히 가자구. 이 길 다니려면 두고두고 오늘 일 생각나겠네. 추억거리 하나 확실히 만들어 좋은데?"

이후 허명애는 남편과 그 지점을 지나칠 때가 있었다. 그때마다 어김없이 그날이 떠올랐고 허명애는 그때 일을 남편에게 얘기했다. "브람스 두 번만 들었으면 부산까지 갈 뻔했구먼." 남편은 빈정댔다. 어쨌거나 이재우의 말처럼 추억거리 하나는 확실하게 만든 셈이었다. 그 밤과 가을 빗소리와 브람스「현

악 6중주 1번」. 그 뒤로도 허명애는 브람스의 「현악 6중주 1
번」 2악장을 수없이 들었지만 그 밤에 들은 그 애절함은 느끼
지 못했다. 아무리 좋은 음악도 언제나 같은 감동을 주는 건
아니다. 거기에 배경, 스토리, 사람이 더해져야 하는 법.

일흔아홉의 이재우를 만난 뒤, 허명애는 그가 팔순이 되는
이듬해에는 옛날 직원들 다 모아 식사를 해야지, 했었는데 어
찌어찌하다가 못하고 지나가버렸다. 재작년 여름에 허명애의
신간이 나올 예정이었다. 이번에 책 나오면 꼭 부장님 모시고
함께 만나자고 직원들과 약속했는데 책이 겨울에 나왔다. 곧
이어 전염병이 온 지구상에 창궐하여 모든 만남을 멈추게 했
다. 사람들은 일주일에 한 번 약국 앞에 줄을 서서 마스크 사
는 일에 적응해야 했다.

허명애가 게으름을 피우는 사이에 질책하듯 이재우가 세상
을 떠났다. 허명애는 그에게 받기만 하고 아무것도 갚지 못했
다. 많은 시간을 나중으로 미루며 흘려보냈다. 인생에 나중은
없다는 걸 알면서도 게을렀다. 누구에게 마음을 준다는 건 자
기 시간을 나눠주는 일일진대 그걸 못했다. 허명애가 잘한 일
이라고는 몇 년 전에 만나 그의 막내아들 자랑을 들어준 것뿐
이리라. 그 아들 때문에 자책하고 마음 졸인 많은 날을 알고
있는 사람 앞에 아들의 당당한 성공을 얘기하는 것보다 더 자
랑스러운 일은 없을 터이니.

허명애가 마지막으로 본 이재우의 눈에 회한이나 자책은

어려 있지 않았다. 굴곡 많은 삶을 다 견뎌낸 그의 모습은 온
갖 나무들 사이에서 새하얀 모습으로 고고함을 자랑하는 자
작나무 같았다.

마포
종점

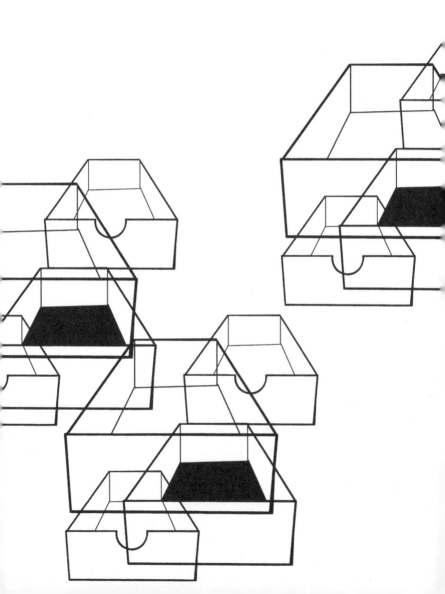

허명애는 수원역에서 기차를 탔다. 형제들이 서울역에서 타고 내려온 기차다. 좌석마다 승객이 빼곡하게 들어차 있었다. 당연히 창가 쪽에만 승객이 앉아 있는 열차가 도착하리라 기대했던 허명애는 적잖이 당황했다. 코로나로 창가 쪽에만 승객을 앉힌다는 보도를 보고 좁은 자동차보다 기차가 안전하겠다 싶어서 택한 기차 여행이었다. 마스크를 쓰고 둘씩 나란히 앉은 형제들이 허명애를 보고 손을 흔들었다. 이번 여행에 동생 허명욱이 빠져 둘씩 짝이 맞았다. 허명애는 옆자리를 비워놓은 막내 허명주 옆에 앉았다. 꽃철이라 승객이 많아 이렇게 된 건가. 이제 기차도 정상 운행하나. 그런 뉴스는 못 들어봤는데. 하긴 출근길 버스와 지하철을 생각한다면 기차만 한 자리씩 비워놓고 달려야 할 이유가 없다. 세상 모든 일이 그렇듯, 방역과 거리두기도 모든 분야 모든 업체에 공평하지 않으니 여기저기서 불평이 나오는 거다. 차 안에서 아무것도 먹지 말라는 멘트가 계속 나왔다. 가능하면 대화도 자제해달라고 했다. 승객들은 순한 양 같았다. 기차 안이 고요했다.

차창 밖을 보며 허명애는 재작년 형제들과의 여행을 생각했다. 그때도 딱 이맘때였다. 그때는 4월 9일이었고 이번엔 8일이다. 재작년에는 벚꽃이 한창 만개해 있었는데 이번엔 꽃이 다 져버려 꽃이 땅 위에 핀 듯 길이 하얗다. 올해는 3월 말에 서울의 벚꽃이 만개했다. 허명애가 스무 살 때는 창경원의 밤 벚꽃놀이를 4월 20일경에 시작했는데 어쩌자고 계절이 이렇듯 빨라지는지. 3월 중순에 서울 벚꽃이 피는 날이 곧 오리라. 바닷물의 온도 상승으로 일부일처제 앨버트로스의 이혼율이 높아진다고 한다. 상승한 바닷물의 온도 때문에 물고기가 줄어 수컷 앨버트로스가 먹이 사냥을 하느라 긴 시간을 보내고 둥지로 돌아오면, 둥지에는 이미 다른 수컷을 맞아들인 암컷이 있단다. 지구 온도가 0.4도 오르면 길에서 북극곰을 만난다고 한다. 실제로 2019년 6월 북극곰이 먹이를 찾아 러시아 노릴스크 도심에 출몰했다는 기사를 봤다. 한데 향후 이십 년 안에 지구 온도가 산업화 이전보다 1.5도 상승할 것이 확실시된다고 한다. 앞으로 사람들은 길에서 무얼 만나게 될까.

"언니, 무슨 생각을 그리 해?" 허명주가 허명애의 팔을 건

드렸다.

"응? 북극곰을 길에서 만나면 어떻게 해야 하나 생각했지."

"뭐라고?"

"농담. 음악이나 듣자."

허명애는 이어폰 한쪽을 귀에 꽂고, 한쪽을 동생에게 줬다.

"이어폰이 귀에서 자꾸 빠지네. 언니나 제대로 들어." 허명주가 이어폰을 허명애 귀에 꽂았다. 음악 몇 곡 들으니 고향 역에 도착했다. 허명애네 형제는 그 고장의 별미인 올갱이 해장국을 두 테이블에 나눠 앉아서 먹고 택시 두 대로 그들의 생가로 향했다. 부모님의 묘소가 생가 뒤편 선산에 있다.

택시가 허명애 생가 앞 교회 마당에 섰다. 교회 마당에서 생가가 대각선으로 바라다보였다. 그런데 집이 이상했다. 가까이 가보니 생가의 사랑채가 폭삭 주저앉고 안채만 있었다. 기역자 집이었던 것이 일자 집이 되었다. 재작년에 형제들이 왔을 때 사랑채가 곧 무너질 것 같아 '다음번에도 사랑채를 볼 수 있을까?' 하고 돌아왔는데 염려한 대로 되었다. 지난해에 허명진과 허명욱이 왔을 때는 있었다고 했다. 언제 무너졌는지 집주인은 그걸 치우지도 않고 그대로 쌓아두었다. 집 한 채가 무너졌으니 치우는 게 보통 일은 아니었을 거다. 그 잔해 위에 먼지와 흙이 쌓이고 잡풀도 돋아 작은 언덕처럼 되었다. 백 년 영욕의 시간을 견뎌낸 흙집 한 채가 천수를 누리고 자연사했다. 사랑채는 허명애 할아버지와 아버지의 시간을 지붕에 기둥에 흙벽에 모두 품은 채 허명애 일가의 역사 속으로 흘러갔다. 허명애 할아버지는 사랑채에서 자신의 도를 닦으며 기인의 삶을 마무리했다. 그 집에서 결혼도 하고 자식들을 낳은 아버지는 할아버지가 세상 떠난 뒤 사랑채에서 기거하며 한의사로서의 명성도 굳혔다. 사랑채는 아버지 허찬수의 봄날이었다. 봄날을 떨치고 허찬수가 서울로 올라간 뒤 사랑채는 집 떠난 주인을 기다리는 짐승처럼 허찬수의 귀향을 기다렸으리라.

안채는 손을 좀 본 것 같지만 워낙 오래된 시골집이니 얼마나 견딜 수 있을지 알 수 없다. 허명애네 7남매 모두가 태어나고 자란 안채다. 허명애 형제는 부모님 산소에 성묘하러 고향에 오지만 생가가 남아 있기에 더 연연해하며 고향에 오고 싶어 하는 것일 터이다. 생가가 다 허물어져 없어진 고향에도 마음이 끌리고 설렐까. 몇 년 전, 서대문 천연동의 생가가 개발로 사라졌다고 남편이 며칠을 징징거릴 때 허명애는 남편의 심정을 안다고 생각했었는데 온전히 이해한 건 아니었나 보다. 전에는 서대문 네거리만 지나도 부모님 생각이 나고 아릿했는데 이제 서대문은 아무 의미도 없는 지명이 되어버렸다고 하던 남편을 지금에야 온전히 알 것 같으니 말이다.

허명애 시부모는 함경도 함흥과 홍원 출신이다. 시아버지는 대지주의 장남으로 동경 유학생이었고 시어머니는 큰 상선을 여러 척 가진 부호의 딸이었다. 결혼한 두 사람은 신혼에 서울로 왔다. 시아버지가 고등학교 역사 교사로 발령이 났다. 두 사람은 천연동의 방이 아홉 개나 되는 한옥에서 신혼살림을 시작했다. 그들 신혼부부의 시작은 창대했다. 시아버지는 언젠가는 고향으로 돌아가 땅을 물려받는다는 생각에 물욕 없이 살았다. 집에 아무것도 쌓지 않았다. 교사 월급으로 뭘 쌓을 수도 없었다. 학부모들이 갖다주는 물건도 다 돌려보냈다. 학교에서 주는 단팥빵 두 개만 남겨 집에 가져왔다. 그걸 기다리느라 눈 빠지는 아이들이 있었으니까. 시아버지의 고향 집 하인들이 수시로 고향에서 곡식과 과일을 실어나르고 고향 친지들이 서울에 오면 으레 그 집에서 묵었다. "큰형이 방학 때 아버지랑 함흥에 가면 역에 인력거가 대령하고 있었는데, 멀리 지평선을 이룬 땅이 모두 할아버지의 땅이라고 하인들이 말해주더래." 남편이 그 말을 할 때마다 허명애는 흥, 콧방귀를 꿰었다. "이북에서 내려온 사람치고 집안에 금송아지 한두 마리 없던 사람을 난 못 봤소!" 허명애의 이기죽거림에 남편이 대꾸했다. "형이 보고 들은 걸 못 믿으면 뭘 믿냐!"

제2차 세계대전이 끝나고 한반도에 38선이 생겼을 때 허명애 시부모에게는 아들 넷, 딸 하나가 있었다. 시부모는 38선이 금방 없어질 거라고 믿었다. 고향의 부모님을 다시는 만날 수 없다는 생각은 하지 않았다. 이후 허명애 시부모는 아들 하나, 딸 하나를 더 낳았다. 그리고 6·25가 터졌다. 피란 가지 말고 서울을 지키라는 방송에 따라 허명애 시부모는 서울에 남았다가 1·4후퇴 때 피란을 갔다. 허명애 남편은 어린 시절 피란길에서 본, 포탄에 쓰러진 시신들이 지금도 선명하게 기억난다고 한다. "6·25는 먼 옛날이야기가 아니야." 시부모는 자식들을 이끌고 부산으로, 안성으로, 수원으로 피란을 갔다가 다시 서울로 올라왔다. 서울로 오니 대한청년단이 6·25 때 피란 가지 않고 인공치하 3개월 동안 서울에 잔류하며 인민군에게 협조했던 사람들을 색출하여 연행하기 시작했다. 허명애 시아버지도 피란 가지 않았다는 죄목으로 연행되어 국민학교 운동장 사형대에 세워졌다. 그들은 끌어온 사람들의 눈을 가린 채 나무에 묶어놓고 한 명씩 총살했다. 허명애 시아버지는 총소리가 날 때마다 공포에 질려 바지에 대소변을 싼 채 떨었다. 다른 사람들도 그러했으리라. 그때 "잠깐!" 하는 외침이 들리며 누군가 허명애 시아버지에게 다가왔다. 그가 눈가리개를 풀며 "혹시 했는데 선생님이 맞으시네요" 했다. 그는 허명애 시아버지의 제자였다. 그렇게 드라마틱하게 시아버지는 죽음의 턱밑에서 살아났다. 그날의 충격으로 시아버지는 몸과 마음에 병을 얻었다. 시난고난 앓던 허명애 시아버지는 남편이 중학교 2학년이 되었을 때 세상을 하직했다. 시아버지는 앓고 누워서도 「가거라 38선」을 불렀다. 고향의 것을 다 잃고 남편마저 일찍 여읜 허명애 시어머니는 방을 하나씩 세놓았다. 이북에 있던 그들의 부모가 선견지명이 있었던 모양이다. 신혼부부가 자식을 일곱이나 낳을 줄 미리 알고 방 아홉 개짜리 집을 샀으니 말이다. 그렇지만 자식 일곱과 먹고살기에는 방세가 터무니없이 적어 시어머니는 종일 재봉틀을 돌려 남의 옷을 수선했다. 대학 갈 자식이 아직도 셋이나 남아 있는 시어머니는 결국 천연동 집을 팔았다. 천연동 집에서 연탄가스를 마셔 응급실에 실려 갔던 시어머니는 그 집이 무섭기도 했다. 창대하게 시작했던 남편 가족의 서울살이는 말린 무화과처럼 쪼그라들었다. 남은 게 있다면, 시어머니의 함경도 기질로 아들 다섯을 대학에 보낸 거다. 허명애 남편은 형제 중에 유달리 천연동 집에 애착이 많았다. 온통 개발되어 다세대주택 단지가 들어섰다는 천연동을, 남편은 두 번 다시 쳐다보기도 싫다고 한다. 어쩌자고 그 많던 한옥과 어린 시절의 추억이 켜켜이 쌓인 골목을 다 밀어버렸냐고 분개한다. 생가라는 게 그토록 절절한 그리움의 대상이라는 걸 아파트에서 태어난 요즘 젊은이들이 짐작이나 하려나.

　허명애는 고향 집에 많은 추억을 쌓지 못했고 대단한 기억도 없다. 어린 나이에 떠났으니 추억을 쌓을 시간이 없었다. 추억을 쌓은 햇수로 말하자면 미아리고개의 집이 가장 길다. 허명애는 그곳에서 고등학교와 대학을 다녔다. 애틋한 기억이라면 당연히 그 집에 쌓였을 거다. 극빈의 삶을 살았지만 청춘을 보낸 집이다. 밤에 가파른 언덕길을 오르며 꿈을 버렸다가 아침에 그 길을 내려오며 버린 꿈을 다시 주웠다. 그곳은 허명애가 절망과 희망을 밤마다 바꿔 가며 아프게 산 시절을 담은 집이다. 그럼에도 그 집을 떠난 뒤 그리워한 적이 없었다. 그런데 별 기억도 없는 생가에 대한 유별난 애착은 귀소본능 같은 걸까. 엄마에 대한 그리움 같은.

안채만은 오래도록 무사하길 바라며 허명애 형제들은 부모님 산소로 발길을 돌렸다. 생가 뒤쪽 동네를 지나는데 울타리도 없는 빈집에 매어놓은 큰 개들이 잡아먹을 듯 짖어댔다. 개를 무서워하는 허명실은 다시는 못 오겠다고 벌벌 기었다. 산소로 가는 길은 경사가 급하고 온통 가시밭이었다. 가시들이 옷에 마구 달라붙었다. 생가 옆의 밭둑길로 성묘를 다녔는데 그 길을 몇 년 전에 밭 주인이 막았다. 산으로 오르는 길이 험해서 성묘 다니기가 지난한 일이 되었다.

겨우 당도한 부모님 산소의 묘역에는 할미꽃과 제비꽃이 잔뜩 피어 있었다. 여러해살이풀들이니 아마 작년에도 피고 재작년에도 피었던 꽃들일 거다. 부모님 산소에서 부모님과 함께 추위를 견디고 비바람을 맞으며 살아주는 그 꽃들이 고마웠다. 허명애 형제들은 봉분 위의 잡풀을 뽑은 뒤 산소 앞에 둘러앉아 엄마가 생전에 좋아하던 찬송가를 부르고 예배를 드렸다.

"엄마는 찬송가도 부르고 송대관이나 현철 노래도 열심히 부르셨는데 아버지 노래하시는 건 들은 적이 없어. 아버지도 애창곡이 있으셨을까?" 예배가 끝나고 허명선이 물었다.

"「마포종점」, 있잖아." 허명애가 대답했다.

"「마포종점」?"

"은방울자매?"

"그런 소린 금시초문이다." 허명애 자매들이 한마디씩 했다.

"언니들은 모르는구나. 아버지가 「마포종점」을 얼마나 좋아하셨는데. 텔레비전에 은방울자매가 나와 그 노래 부르면 브라운관으로 들어가시려고 했다니까."

최근 트로트 오디션이 방송국마다 붐이어서 허명애는 누군가 「마포종점」을 멋지게 편곡해서 불러주길 기대했는데 아쉽게도 그 노래를 부르는 참가자는 없었다. 「마포종점」은 허찬수가 유일하게 좋아한 노래지만 직접 부르는 건 허명애도 들은 적이 없다. 부르는 걸 본 적이 없으니까 애창곡은 아니고 애청곡, 아니, 애정곡이라고 해야 하나.

허찬수가 뇌졸중이 된 뒤 허명애의 작은아버지가 집에 흑백 텔레비전을 들여놓아줬다. 어쩌다 가족들이 텔레비전 쇼 프로라도 볼라치면 아버지는 김추자의 헝클어진 머리도 보기 싫고 흔드는 것도 흉하다고 다른 데로 돌리라 하고, 자식들은 트로트 가수들이 나오면 청승맞다고 투덜대며 일어섰다. 아버지는 특별히 「마포종점」을 좋아했다. 허명애는 그 노래가 싫었다. 노래 가사를 제대로 들어볼 생각도 하지 않고 무조건 싫어했다. 친자매도 아닌 은방울자매가 쌍둥이처럼 똑같은 한복을 입고 나와 노래 부르는 것도 청승맞아 질색이었다. 돈암동 전차 종점에서 한의원을 하는 아버지가 가보지도 않았을 마포종점을 왜 좋아하는지 알 수 없었다. 허명애는 당시 이미자도, 남진, 나훈아도 싫었다. 나훈아가 「아! 테스형」을 부르게 될 가수인 줄은 몰랐다. 이제 허명애가 아버지처럼 되었다. 도무지 가사를 알아들을 수 없는 아이돌의 노래가 나오면 주저 없이 텔레비전 채널을 돌린다. 우려먹을 대로 우려먹은 트로트 오디션 프로를, 남편 옆에 앉아 보고 또 본다. 젊은이가 노년이 되는 데는 몸부림치는 몇 번의 시간이면 충분했다.

얼마 전 허명애는 「마포종점」의 작사가 정두수의 인터뷰 기사를 읽었다. 마포에 살던 정두수가 전차가 사라진다는 소식을 듣고 아쉬움이 크던 차에 마포종점의 설렁탕집에서 한 여인의 이야기를 듣게 되었다. 미국 유학 중 남편이 과로로 쓰러져 죽은 뒤에도 신혼 초의 마포 사글세방 시절처럼 매일 마포 전차 종점에 나와 남편을 기다리다 정신착란이 된 젊은 여인의 얘기였다. 애달픈 여인의 모습과 서민의 애환을 실어 나르던 전차를 엮어 정두수가 작사하고 박춘석이 작곡하여 노래가 만들어졌다. 당시 주로 서민들이 살던 마포와 영등포라는 지명이 노래에 나오고 한강을 낀 마포의 야경이 잘 나타

나 「마포종점」은 대중들의 사랑을 받았다. 사연을 알고 들어
보니 비에 젖어 서 있는 여인의 모습과 멈춰 선 밤 전차의 모
습이 동일시되며 가슴이 저릿했다. 아버지가 그런 스토리를
알고 좋아했을 리는 없고 그냥 허무한 가사와 구슬픈 멜로디
가 좋았던 걸까.

밤 깊은 마포종점 갈 곳 없는 밤 전차
비에 젖어 너도 섰고 갈 곳 없는 나도 섰다
강 건너 영등포에 불빛만 아련한데
돌아오지 않는 사람 기다린들 무엇 하나
첫사랑 떠나간 종점 마포는 서글퍼라

허명애 형제들은 「마포종점」을 큰 소리로 부르며 산소 주
위를 돌아다녔다. 형제들의 머릿속에 떠오른 건 아마도 마포
종점이 아니라 아버지의 한의원이 있던 돈암동 전차 종점이
었을 거다. 아버지도 노래를 입 밖에 내서 한 번이라도 불러
봤으면 인생이 좀 다르게 느껴졌을까. 허명애는 목이 싸하게
아팠다. 형제들이 돌아다니다 보니 부모님 산소 위에 있는 큰
아버지와 큰어머니 봉분에 큰 구멍이 여기저기 뚫려 있는 게
보였다. "멧돼지 소행일 거야. 멧돼지가 동네 밭에까지 내려
온다더라." 허명진이 말했다. 오래된 산소에서 뭘 찾아 먹으
려고 팠을까. 파헤쳐놓은 흙을 대강 덮었지만 메워지지 않았

다. 머지않아 놈들이 부모님 산소도 그 지경을 만들겠구나 싶었다.

산소를 어찌할까, 하는 얘기가 다시 나왔다. 허명진과 허명욱이 딸들만 낳아 허명애 형제들이 죽고 나면 부모님 산소를 돌볼 사람이 없었다. 부모님을 화장하여 봉안당에 모실 건지, 양지바른 곳에 뿌릴 건지 결정해야 했다. 봉안당에 모신다 해도 자식들이 모두 죽고 나면 결국 사라질 것이어서 매번 결론을 내기 어려웠다. 세상 떠난 지 이십 년밖에 안 된 엄마의 흔적을 없앤다는 게 맘 아픈 일이기도 하고, 아직은 자식들이 부모님 없이는 안 되겠다는 마음이 커서 이번에도 결론을 못 내렸다. 부모님 산소가 없어진다면 허명애 형제들은 어디 가서 쌓인 그리움을 풀어놓을까. 형제들이 늘 다 함께 가고자 하는 곳은 부모님 산소가 있는 고향인데, 산소를 없애고 나면 지하철 공짜로 타는 늙은 7남매가 갈 곳 없는 후줄근한 고아가 되어버릴 것 같아 버틸 때까지 버텨봐야 하지 않을까도 싶었다.

허명애 형제들은 울적한 마음으로 산에서 내려왔다. 어제 날씨가 맑았다고 오늘도 좋을 거라고 장담할 수 없듯이 그날에는 그날의 운이 있다. 재작년 형제들의 고향 여행이 행복했다고 이번에도 행복하리라는 보장은 없었다. 여러 여건이 그때와 다르기도 했다. 그때는 전염병이 없었고 사랑채도 남아 있었고 멧돼지들이 산소에 구멍을 뚫어놓지도 않았다.

다시 생가 앞을 지났다. 7남매가 태어나고 자란 안채를 바라다보며 허명애는 생각했다. 젊어서는 우뚝 솟아오를 자신을 꽃이라 믿어, 솟아오르지 못하는 자신에 수없이 절망했지만 자식을 다 키워놓고서야 알게 되었다. 나의 꽃과 열매는 바로 자식이라는 걸. 그러니 우리 형제들은 허찬수 김이순의 일곱 송이 꽃이며 열매라는 걸. 오직 그 꽃과 열매가 건실하고 아름답게 익어가길 바라며 아버지가 자신의 삶을 던졌다는 걸. 하지만 일곱 송이 꽃이 얼마나 아름답게 피었는지, 그 열매가 얼마나 잘 영글었는지는 이제 아무 의미가 없다. 늙은 자식 일곱이 모두 살아 있으니 그걸로 된 거다.

사라진 마포종점처럼, 허물어진 사랑채 뒤로 허찬수의 날들이 지고 있었다.

에필로그

    아침 여덟시, 허명애의 휴대전화가 울렸다. 보건소였다. 직원은 코로나 양성 통보를 하며 신상과 동선에 대해 물었다. 섬에 있다고 하니 응급차를 보낸다고 했다. 생활치료센터로 가야 한단다. 레이먼드 카버의 소설 「깃털」에서처럼 허명애는 공작의 섬에서 어제와는 완전히 다른 상황에 처하게 되었다.

    허명애는 남편을 큰아들 방으로 보냈다. 밤새 한 침대에서 잤지만 양성 통보를 받고 나니 같이 있을 수가 없었다. 확진자랑 한 침대에 잤어도 남편은 아마 음성 통보를 받으리라. 매사에 시큰둥한 그는 바이러스에도 반응이 없지 않을까, 허명애는 그런 생각이 들었다. 작은아들에게서 전화가 왔다. 오랜만에 형네 식구들과 오붓하게 지내다 오라고 작은아들네는 이번 여행에 빠졌다.

"엄마, 검사 결과 나왔어요? 어젯밤에 형하고 통화했어."

"응. 난 양성 나오고 다른 식구들은 아직 연락 없어."

"그래? 어쩌지?"

"무증상이니까 괜찮을 거야. 치료센터 가서 잘 있다 올 테니 걱정 마. 너희 애들이나 잘 지켜. 유치원에서도 자꾸 확진자 나오던데. 그 애들이 너의 꽃송이야. 알지?"

"알지. 증상 있는지 잘 살피고, 조심하세요. 엄마 파이팅!"

작은아들과 짧은 통화를 했다. 말은 쉽게 했지만 불안하고 걱정스러웠다. 지금은 무증상이지만 내일 어떻게 진행될지 알 수 없고 위중증 환자와 사망자는 거의 노인들 아닌가. 2주일이나 낯선 치료센터에 갇혀 있을 것도 큰일이었다. 휴대전화가 또 울렸다. 이인숙이었다.

"무증상이니 별일이야 있겠어? 그냥 격리 차원에서 들어가는 거지. 이참에 거기 가서 글 쓰면 되겠네. 우리 아들도 무증상으로 치료센터에 있는 동안 노트북으로 밀린 일을 다 했다더라."

허명애의 상황을 듣고 이인숙이 속사포처럼 쏟아낸 말이다.

"정말, 왜 그 생각을 못했지? 세상에 이런 횡재도 있구나. 노트북 보내라고 해야겠다."

"그래. 글 많이 쓰고 건강하게 나와."

"2주일이 짧겠네. 고마워. 내 인생엔 역시 너밖에 없다."

불안했던 허명애에게 갑자기 설렘과 흥분이 밀려들었다. 여기저기 절로 다니면서 몇 달씩 글을 쓰고 오던 문우 이효수를 부러워했더니 이제야 자신에게도 14일의 휴가가 주어진다. 결혼 후 처음 갖는 긴 휴가다. 증상이 어떻게 진행될지, 세계적인 팬데믹 상황이 얼마나 급박하게 요동칠지 하루 앞도 알 수 없는 상황이지만 오늘은 허명애 이름의 글을 쓰리라. 허명애는 간밤에 잠 못 이루며 섬으로 초대한 기억 속 사람들의 이야기를 하나하나 써보리라 다짐했다. 그리고 얼마 전 어떤 오디션 프로에서 하던 심사위원의 말을 상기했다. "노래는 기억으로 불러야지, 기술로 부르면 안 돼요." 허명애야 말로 이번 글을 기술로 쓰지 않고 기억으로 쓰려 한다.

잠시 후, 다른 식구들은 음성 문자를 받았다. 손자들은 섬 구경도 하지 못하고 떠나게 되었다. 그들도 2주일 자가 격리를 해야 했다.

열어놓은 창으로 아침 햇살이 삐죽이 들어왔다. 섬의 초목 빛을 담은 초록 햇살이었다. 녹풍에 올라탄 공작의 울음소리도 들려왔다. 아침 공작의 울음은 지난밤과는 사뭇 달랐다. 음울하고 괴기한 소리가 아니었다. 섬의 하루를 열어주는 활기찬 소리였다. 그 모두가 신의 선물 같았다.

곧 보건소에서 누군가 오리라.

그라시아스 아 라 비다(Gracias a la Vida)

한수영(소설가)

누구에게나 자기만의 서랍이 있다. 서랍 속에는 저마다의 꿈, 약속, 열망, 기도, 무지개들이 담겨 있다. 김연정의 연작소설 『서랍 속 수수밭』에 등장하는 인물들도 크든 작든 서랍 하나씩을 간직하고 있다. 그중 제일 먼저 눈에 들어오는 건 가난한 가장 허찬수와 그의 딸 허명애의 서랍이다. 허찬수의 서랍에는 먹으로 그린 수수 그림들이, 그의 딸 허명애의 서랍에는 '강천', '몌별', '예리성' 같은 단어들이 모여 있다. 허찬수는 병을 얻어 쓰러지고 나서야 비로소 가족 부양의 의무에서 놓여난다. 놓여난 그는 그림을 그리기 시작한다. 오로지 수수 그림이다. 잘 여물어 고개 숙인 수수 이삭이 바람에 묵직하게 흔들리고, 밭 귀퉁이에서 시작된 일렁임이 너른 밭으로 번져간다. 자식들 교육을 위해 서울로 올라오기 전만 해도 허찬수는 고향의 작은 도시에서 인정받는 한의사였고 가족의 삶은 풍요로웠다. 집 앞 넓은 수수밭은 그 시절의 상징이다. 이제 늙고 병든 허찬수는 그 붉게 물결치던 수수밭의 시절로 돌아갈 수 없다는 걸 안다. 그의 말대로 한번 떠나온 물에는 다시 올라탈 수 없는 법. 흰 종이에 검은 묵으로 수수밭을 그려갈 뿐이다. 속 깊고 눈 밝은 딸 허명애는 아버지의 그림 속에 담긴 회한을 알아본다. 아버지의 수수밭을 흔든 바람이 이제 딸의 서랍으로 불어온다. 서랍 깊이 넣어둔 '메별'과 '예리성'이 들썩이고 '강천'이 흔들린다. 그러니 딸 허명애가 글 쓰는 삶 아닌 다른 삶을 꿈꿀 수 있었을까.

팬데믹의 어느 하루, 작가 허명애는 북한강이 휘감아 흐르는 섬에서 하룻밤 머물게 된다. 모처럼 아들네 가족과 함께하는 여행이다. 여행의 설렘은 섬까지 따라 들어온 '코로나'로 순식간에 깨지고 만다. 허명애와 손자가 코로나 검사를 받아야 한다는 전화를 받은 것. 검사를 받고 돌아와 가족은 각자의 방으로 수감되듯 흩어진다. 깊은 밤, 섬의 어디선가 기이한 소리로 공작이 울어대고 배는 끊겼다. 뭍에서의 거리와 상관없이 배가 끊기는 순간 그곳은 바로 절해고도가 된다. 하물며 팬데믹 상황. 뭍마저도 이미 셀 수 없이 많은 절해고도로 나뉜 상태다. 허명애는 불안과 불면으로 어두운 창가를 서성인다. 그런 그녀를 향해 '나뭇잎 배' 하나가 소리 없이 다가온다. 어쩌면 오래전 수수밭을 흔들던 바람이 그 밤, 다시 나뭇잎 배 하나 띄워 보내준 건 아닐까. 그것을 시작으로 가슴 저미는 노래와 목소리들이 밤하늘을 날아, 밤물을 건너 허명애의 섬으로 온다. 허명애는 노래에 실려 온 사람들과 밤새 이야기를 나눈다. 오직 '이야기'만이 팬데믹의 밤을 견디게 해줄 수 있다는 것을 허명애와 그 밤의 사람들은 잘 알고 있다. 그들은 가난과 청춘, 상실과 문학이라는 역병도 함께 겪어낸 사람들이니까. 연작소설 『서랍 속 수수밭』에는 경상북도의 벽촌과 청평, 멀리 나성이 등장하기도 하지만 이 소설의 화양연화는 종로, 인사동, 창덕궁, 돈암동, 미아리고개를 무대로 펼쳐진다. 서울을 납작하게 눌러 좌표평면으로 바꿔보면 1사분면에 해당하는 지역이다. 나에게 그곳은 근현대사의 공간으로든, 문학작품의 배경으로든 익숙하고 새로울 것 없는 장소였다. 더군다나 같은 분면의 한 지점에서 살고 있는 나에게 그곳은 지척이다. 힘들이지 않고 설렁설렁 걸어 오갈 만한 가까운 곳에서 무언가 놀라운 것을 보게 될 일은 거의 없다. 하지만 그곳에서 여성 국극, 색소폰, 국화빵, 명랑, 돌문네 식당, 나라스케, 백송, 숙지황, 이순재 데뷔작, 자하문, 자두 같은 단어들을 발견하면 상황이 달라진다.

수자는 콧물은 흘렸지만 한 학년 위라고 허명애를 데리고 다니며 서울 구경을 시켜줬다. 창경원 벚꽃놀이도 가고 남산에도 올라갔다. 뚝섬에 데리고 가서 수영도 가르쳐주었다. 수영복이 없으니 입은 채로 한강에 들어가서 놀다가 햇볕에 말려서 돌아왔다. 자하문 밖 과수원에 가서 자두도 사주었다.(「오! 캐롤」, 52쪽)

언제나 자잘한 것에 감동하는 나는 '자하문 밖 자두'에서 한참 동안 눈을 떼지 못한다. 허명애의 자하문 밖과 며칠 전에도 다녀온 나의 자하문 밖이 충돌한다. 내가 지금까지 알던 자하문 밖은 완전히 낯선 곳이 되어버린다. 1사분면의 설렁설렁한 좌표에 지나지 않던 지점들에 환하게 불이 들어오기 시작한다. 집을 지어본 사람들은 말한다. 새 터에 새집을 짓는 것보다 오래된 집을 고치고 다듬어 새집으로 만드는 것이 훨씬 어려운 일이라고. 솜씨 좋은 목수 김연정은 그 일을 해낸다. 연작소설 『서랍 속 수수밭』으로 우리를 나성보다 먼 종로, 미라보 다리보다 먼 인사동 골목으로 데려간다. 거창한 서사 없이 자잘한 '자두들'만으로도 그 일을 해낸다. 매력적인 단편 「When a child is born」에 나오는 노미란 선생의 말투로 누군가는 이렇게 물어올지도 모른다. 먼 디 가서 뭐 함니꺼? 아귀 딱 맞는 답은 모르겠고 그걸 들키지 않으려 나는 이렇게 되묻는다. 거기 가면 나도 모르는 내가 있다는데 안 궁금해예? 나는 자두가 어떻게 자하문 밖을 낯선 곳으로 만들어버리는지 궁금하다. 그러다 정작 궁금한 것은 '자두가 어떻게'가 아니라 '나는 왜'라는 사실을 깨닫는다. '나는 왜' 자하문 밖 자두에 걸려 넘어진 걸까? 왜 거기서 눈을 떼지 못하는 걸까? 나도 몰랐던, 혹은 잊었고, 잊었다고 믿은 것들이 떠오르고 가라앉기를 반복한다. 격렬하다. 나에게서 가장 먼 곳이 바로 나 자신이라는 진실을 이번에도 피해 갈 수 없다. 나라고 알고 있던 좌표평면에 좌표 하나가 새로 생겨난다. 먼 데로 데려와준 작가의 공(功)일까, 따라온 독자의 복(福)일까.

그라시아스 아 라 비다. 메르세데스 소사가 노래한다. 인생이여 고마워요, 내게 너무 많은 것을 주어서, 샛별 같은 눈동자를 주어, 흰 것과 검은 것을 구분하고, 창공을 수놓은 별을 보고, 무수한 사람들 틈에서 내 사랑하는 사람을 찾을 수 있어요. 영화 「헤어질 결심」의 주제곡으로 「안개」 아닌 다른 곡을 떠올릴 수 없는 것처럼 『서랍 속 수수밭』의 주제곡으로 「그라시아스 아 라 비다」 아닌 다른 곡을 떠올리기 어렵다. 책장을 덮는 순간 저절로 그 노래가 들렸다. 가수의 음색이 수수 이파리들이 흔들리며 내는 소리와 닮아서일까. 아프고 가난해도 저마다의 서랍을 간직하고 지켜내려 애쓴 사람들 때문일까. 칠레의 가수 비올레타 파라가 처음 부른 이 노래는 아르헨티나의 메르세데스 소사에게 흘러갔고, 나는 소사 혼자 부르는 이 노래를 들을 때마다 파라도 함께 부르고 있다는 느낌을 받곤 한다. 그 두 사람은 겹치고 포개진다. 『서랍 속 수수밭』의 화자 허명애와 작가 김연정이 그런 것처럼. 2002년 가을, 작가 김연정과 나는 처음 만났다. 어느덧 꽉 채운 이십 년이다. 미리 말하자면 우리는 동문이고 동갑이다. 김연정은 서울의 한 문화센터에 생긴 소설창작반 수업을 들으며 작가로의 꿈을 키웠고, 비슷한 시기 나도 그 문화센터의 다른 지점에서 같은 스승에게 수업을 받았다. 그리고 같은 해에 등단했다. 그러니 동문이고 동갑이다. 특별할 것 없는 이 인연이 나에게는 귀하고 귀하다. 혼자 쓰는 글이 외로울 때, 그만두고 싶어질 때 나는 그에게 전화를 한다. 살 만할 때는 잊고 지내다 힘들어지면 또 전화를 건다. 그의 이전 작품들과 『서랍 속 수수밭』이 보여주는 지혜를 빌리고 싶으니까. 죽음의 문턱에 선 사람을 돌려세울 화제(和劑) 같은 건 처음부터 없었다는 것, 일도 창해하면 다시 돌아올 수 없다는 것, 그것이 인생이라는 것을 알면서도 지나간 모든 것이 지금의 자신을 이루었다고 믿는 사람이니까. 그러니 인생이여 고마워요, 내게 너무 많은 것을 주어서, 웃음을 주고 눈물을 주어, 그 웃음과 눈물로 나의 노래는 만들어졌고, 그 노래는 당신의 노래, 모두의 노래, 모두의 노래는 바로 나의 노래.

그라시아스 아 라 비다.

작가 김연정은 바로 한 발짝 앞 나의 미래다. 나는 그의 뒷

모습을 보며 걷는다. 이제 수수밭을 뒤로하고 작가 김연정은 또 길을 떠날 것이다. 그 길에서 무엇을 만나 돌아올까. 돌아와, 나와 당신을 그리고 우리를 인생의 어느 사분면으로 데리고 갈까.

급변하는 디지털 시대에
뒤돌아 앉아 흑백사진 같은 글을 썼습니다.

아득히 먼 날들에 내게 왔다
가뭇없이 가버린 이름들을
흩날리는 봄 꽃잎 붙잡듯 잡아봤습니다.
그들은 흘러간 듯 흘러가지 않고
주위에 맴돌고 있었던 양,
슬며시 내 손에 잡혀주었습니다.

붙잡아 한곳에 모아놓고 보니
그들은 내게 문학의 씨앗을 품게 하고
싹을 틔우게 하고
잎을 키우게 하고
꽃을 피우게 한 이들이었습니다.
그 이름을 부르는 일은 서러움이기도, 기쁨이기도 해서
하나하나 부를 때마다 가슴 밑바닥이 흔들거렸습니다.

불에 탄 숲에도 새싹이 돋듯
가난하고 엄혹한 시절에도 그 이름들은
꿈을 키우며 살아냈습니다.
산다는 건
꿈을 찾아가는 과정이라는 걸 증명하듯이 말입니다.

기술이 아니라 기억으로 쓴
흑백 앨범 같은 글을 뒤적여줄 이가 있을지,
흑백 앨범 속 여기저기에 숨어 있는
빛바랜 찬란함을 찾아내줄
누군가가 있을지 알 수는 없습니다.
그래도, 단기 4291년에 서울에 올라온 한 아이와
아이가 만난 친구들, 그리고 그 아버지들이 살아낸 시간,
이별 후에 남겨진 노래들을 읽으며
소소(炤炤)한 미소를 짓는 독자가 있기를 기원해봅니다.

또한, 기꺼이 발문을 써주신 한수영 작가와
책을 출판해준 강출판사에
한없이 고마운 마음을 전합니다.

2022년 가을
김연정